कवच

दिलबागसिंह विर्क

इसी क़लम से

हिंदी में

कविता-संग्रह

चंद आँसू, चंद अल्फ़ाज़ (2005)
निर्णय के क्षण (2008) हरियाणा साहित्य अकादमी के सौजन्य से
माला के मोती (2012)
आओ संभालें भारत (2012) हरियाणा साहित्य अकादमी के सौजन्य से
महाभारत जारी है (2015)
ये ज़रूरी तो नहीं (2017) हरियाणा साहित्य अकादमी के सौजन्य से

समीक्षा पुस्तक

रूप देवगुण की कहानियों में प्रेम का स्वरूप (2016)

संपादन

सतरंगे जज़्बात (2015)

पंजाबी में

कविता संग्रह

जे हुंगारा तूं भरें - (2014) हरियाणा पंजाबी साहित्य अकादमी के सौजन्य से

अनुवाद

ज़िंदगी दे झरोखे चों (2017) (सुधाकर पाठक के हिंदी कविता-संग्रह *'ज़िंदगी... कुछ यूँ ही'* का पंजाबी अनुवाद)

कवच

कहानी संग्रह

दिलबागसिंह विर्क

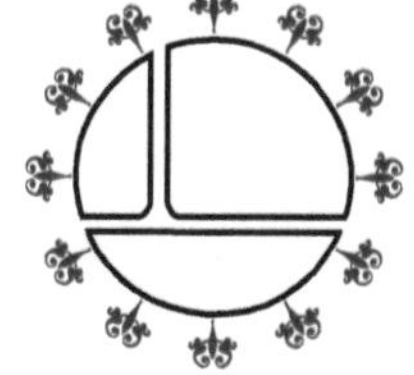

अंजुमन प्रकाशन

कवच (कहानी संग्रह)

मूल्य भारत में ₹ 150
मूल्य विदेश में $ 8

प्रकाशक : **अंजुमन प्रकाशन**
942, मुठ्ठीगंज, प्रयागराज, उत्तर प्रदेश, भारत
Website - anjumanpublication.com
E-mail : contact@anjumanpublication.com

आवरण : श्री कम्प्यूटर्स, प्रयागराज
टाइपसेटिंग : श्री कम्प्यूटर्स, प्रयागराज
मुद्रक : रेप्रो नॉलेजकास्ट लि., ठाणे
संस्करण : प्रथम, जनवरी 2019
ISBN : 978-93-87390-99-3

उन पलों और पात्रों के नाम
जिनके कारण इन कहानियों का जन्म हुआ

स्वकथन

कभी किसी को मुकम्मल जहां नहीं मिलता
कहीं ज़मीं तो कहीं आसमां नहीं मिलता।

यूँ तो निदा फ़ाज़ली जी की ये पंक्तियाँ लगभग हर शख़्स पर लागू होती होंगी... क्योंकि पूर्णता, लगभग असंभव है; लेकिन लेखन के मामले में मैं इसे अक्सर महसूस करता हूँ। लिखने का शौक़ मुझे मिला है, लेकिन मेरे लेखन में अभी बहुत सारी कमियाँ हैं। इतना जानते हुए भी लिखने और छपने का मोह बदस्तूर जारी है। बीच-बीच में मिली हौसला-अफ़ज़ाई इस शौक़ को हवा देती रहती है।

जहाँ तक लिखने की शुरूआत की बात है, तो यह बीसवीं सदी के अंतिम दशक के अंतिम वर्षों में हुई। शुरू में ध्यान, कविता पर अधिक था; लेकिन कहानियाँ भी लिखी। उन्हीं दिनों 'डेमोक्रेटिक वर्ल्ड' नामक पत्रिका ने नव सृजन प्रतियोगिता का आयोजन किया था। इस हेतु कहानी 'प्रदूषण' भेजी थी। प्रतियोगिता का परिणाम तो मुझे पता नहीं चला, लेकिन मेरी कहानी प्रकाशित हुई; इसकी जानकारी पारिश्रमिक मिलने और पत्रिका का अंक मिलने से हुई। शुरूआती दौर में यह एक बड़ी बात थी और इसने कहानी लिखने का हौसला दिया। कई वर्ष बाद 'सच कहूँ' दैनिक समाचार पत्र ने दो कहानी प्रतियोगिताएँ करवाई, जिसमें पहली बार मेरी कहानी 'गर्लफ्रेंड जैसी कोई चीज' को तृतीय पुरस्कार और दूसरी बार मेरी कहानी 'क़ीमत' को प्रथम पुरस्कार मिला। 'क़ीमत' कहानी को विश्व हिंदी सचिवालय मारीशस द्वारा आयोजित करवाए गए अंतर्राष्ट्रीय मुकाबले में सौ डॉलर का सांत्वना पुरस्कार मिला। इस कहानी पर एकांकी खेलने की इच्छा भी एक संस्था ने जाहिर की। कहानी का नाट्य रूपांतरण भी किया गया। अपरिहार्य कारणों के चलते यह योजना तो सिरे नहीं चढ़ी, लेकिन इस

बात ने आत्मविश्वास पैदा किया।

मातृभाषा पंजाबी होने के कारण पंजाबी में भी लिखता हूँ। कुछ कहानियाँ पंजाबी में लिखी, जिनका अनुवाद इस संग्रह में शामिल है। जिस प्रकार कुछ हिंदी कहानियों को प्यार मिला, उसी प्रकार कुछ पंजाबी कहानियाँ भी पाठकों और आलोचकों को पसंद आईं। ''ज़िंदगी दा अन्याय'' कहानी 2014 में हरियाणा पंजाबी साहित्य अकादमी द्वारा करवाई गई कहानी प्रतियोगिता में प्रथम रही। 'दो पाटन के बीच' और 'रोज़गार' कहानी, अकादमी की मासिक पत्रिका 'शब्द बूँद' में प्रकाशित हुई।

वर्तमान में जिस बात ने सबसे अधिक प्रोत्साहित किया, वो थी, युवा कहानीकार प्रियंका ओम के अतिथि संपादन में प्रकाशित होने वाले 'प्रभात खबर' के अंक में मेरी कहानी 'खूँटों से बँधे लोग' का प्रकाशन होना। इस कहानी के प्रकाशन के बाद बहुत सारी फोन कॉल मुझे आईं... इस बात से मेरे हौसले को चार चाँद लगे। यह कहानी बाद में अंजुमन प्रकाशन के कथा-प्रसंग में भी प्रकाशित हुई। प्रतिलिपि की ऑनलाइन प्रतियोगिता में कहानी 'कवच' समीक्षक की पसंद के रूप में प्रथम चुनी गई; इसके अतिरिक्त इस बेवसाइट पर जो कहानियाँ प्रकाशित की गईं, उन पर लगभग एक लाख पाठकों का मिलना और सैंकड़ों टिप्पणियों का आना इन कहानियों को पुस्तक के रूप में प्रकाशित करवाने का आधार बना।

पहला कहानी-संग्रह सुधी पाठकों के हाथ में सौंप रहा हूँ; आशा है इसे आपका प्यार मिलेगा।

- दिलबागसिंह विर्क

9541521947

अनुक्रम

1

खूँटों से बँधे लोग

घर में घुसते ही रमेश ने मोबाइल पर वाई-फाई ऑन किया, व्हाट्स-अप के नोटिफिकेशन्स देखे। सबसे ज्यादा मधु के मैसेज थे। शुरूआत हेल्लो हाय के साथ थी... फिर स्माइलीज थीं, नीली, लाल फिर कानों में से धुआँ निकालती, गुस्से से भरे चेहरे वाली औरत की तस्वीर थी और आखिर वाला मैसेज था - 'किसके साथ आवारागर्दी कर रहे हो?'

रमेश पिछले चार दिनों से ऑफिशियल टूर पर था। कार्यक्रम अचानक बना था। रमेश के दफ्तर में नेट चलाने पर रोक थी। ऐसा नहीं कि सभी इस आदेश का अक्षरशः पालन करते थे, लेकिन रमेश थोड़ा भावुक किस्म का इंसान था और वह नहीं चाहता था कि इस बात के लिए कोई उसे टोके; इसलिए उसने ऑफिस ऑवर में नेट न चलाने की आदत बना ली थी, इसीलिए वह नैट पैक भी नहीं डलवाता था। ऑफिस का टाइम दस से चार बजे तक था। सुबह वह घर से नौ बजे के बाद ही निकलता था और पाँच बजे वापस आ जाता था। जाने से पहले और आने के बाद उसके पास फ़ुर्सत ही फ़ुर्सत थी। टूर पर जाने की सूचना उसे ऑफिस पहुँचने के बाद मिली। वह तुरंत घर लौटा और ज़रूरी सामान लेकर मुम्बई चला गया। जाते समय मधु को मैसेज नहीं कर पाया। फोन करने की उसने सोची थी, मगर झिझक गया। मधु

उसकी व्हाट्स-अप फ्रेंड थी।

'सॉरी, ऑफिस के कार्य से मुंबई जाना पड़ा; जाते समय बता नहीं पाया, अभी वापस लौटा हूँ...नहाया भी नहीं, सबसे पहले तुम्हें मैसेज किया है।' - रमेश ने मधु को मैसेज किया।

जब कुछ समय तक मैसेज सीन नहीं हुआ तो उसने दोबारा मैसेज किया - "अच्छा, डिनर करके बात करते हैं।"

रमेश उठकर नहाने चला गया। मधु से उसका परिचय फेसबुक पर हुआ था। फेसबुक पर वह कब से उसकी फ्रेंड लिस्ट में थी... फ्रेंड रिक्वेस्ट उसने भेजी थी या आई थी, उसे कुछ याद नहीं। मधु से उसकी सीधी बात अढ़ाई-तीन साल पहले फेसबुक पर उसके व्हाट्स-अप के बारे में डाले गए स्टेटस से हुई थी। उसने उसी दिन व्हाट्स-अप इंस्टॉल किया था। उसके कुछ दोस्त इस स्टेटस पर कमेन्ट कर रहे थे। मधु ने भी कमेन्ट किया था, लेकिन वह उसे संबोधित न होकर उसके दोस्त अखिल को संबोधित था। इसी स्टेटस पर अखिल और मधु की कमेन्ट के माध्यम से बातचीत चल पड़ी, तो रमेश भी बीच में कूद पड़ा। रमेश से मधु का एक कमेन्ट समझने में चूक हुई। उसे लगा कि मधु उसे व्हाट्स-अप पर ऐड करने के लिए कह रही है, तो उसने मधु का मोबाइल नम्बर पूछ लिया, जिस पर मधु ने कहा कि वह अपना नम्बर किसी को नहीं देती। सॉरी कहकर रमेश ने बात समाप्त कर दी, मगर उसे बड़ा गिल्ट फील हो रहा था...उसे लग रहा था कि एक शरीफ़ आदमी को एक शरीफ़ औरत से बिना जान-पहचान के नम्बर नहीं माँगना चाहिए था। रमेश अब दिल्ली में रहता है, मगर वह एक छोटे से क़स्बे में पला बढ़ा था। नौकरी मिलने के बाद ही वह दिल्ली आया था और क़स्बे के संस्कार उसे आगे से ऐसी भूल न करने के लिए सचेत कर रहे थे।

इस घटना के बाद मधु और रमेश अक्सर फेसबुक पर टकराने लगे थे... एक-दूसरे की फोटो और स्टेटस को लाइक करते, कमेन्ट करते। धीरे-धीरे चैट-बॉक्स में भी हाय-हेल्लो होने लगी; लेकिन रमेश

अब पुरानी ग़लती दोहराना नहीं चाहता था। एक दिन बातचीत के दौरान ही मधु ने उससे पूछा था कि कहीं तुम्हें यह तो नहीं लगता कि मेरी आई.डी. फर्जी है?

"नहीं, नहीं, मैं ऐसा नहीं सोचता।"

"ओ.के., वैसे फर्जी आई.डी. बहुत हैं।"

"हाँ, मगर क्या फ़र्क़ पड़ता है।"- रमेश ने बात से किनारा करते हुए कहा।

"हाँ, ये तो है; फिर भी अगर तुम्हें लगे तो मेरे साथ फोन पर बात कर सकते हो; मैं आपको नम्बर बता दूँगी, लेकिन इसे मैं रूटीन में यूज नहीं करती।"

"नहीं, मुझे कोई शक नहीं और न ही मुझे कोई परीक्षा लेनी है।"- रमेश ने शराफ़त दिखाते हुए कहा।

इसके बाद समय फिर आहिस्ता-आहिस्ता बीतता रहा। दोनों उसी तरह से चैटिंग करते थे, कि एक दिन मधु ने ख़ुद उसका व्हाट्स-अप नम्बर पूछा और फिर दोनों फेसबुक फ्रेंड से व्हाट्स-अप फ्रेंड हो गए।

नहाकर आने के बाद वह सीधा डाइनिंग टेबल पर पहुँचा। यहाँ उसकी पत्नी सुनीता और बेटा रिशु उसका इन्तजार कर रहे थे। सुनीता और रिशु ही उसे एयरपोर्ट से लेकर आए थे। आते ही सुनीता किचन में चली गई थी और रिशु टी.वी. देखने लगा था। अब तीनों फिर इकट्ठे थे। खाने के साथ-साथ सामान्य बातचीत हो रही थी, लेकिन रमेश का ध्यान मधु पर अटका हुआ था। साल भर से वे व्हाट्स-अप पर चैट करते आ रहे थे। चैट में जोक्स, वीडियो, चुटीली बातें, सब कुछ चलता था। मधु जानती थी कि रमेश शादीशुदा है और उसके एक बेटा भी है। मधु ख़ुद भी तो शादीशुदा थी। उसकी बेटी आठ साल की और बेटा छह साल का था। दोनों का शादीशुदा होना कोई समस्या नहीं था... आखिर वे दोस्त ही तो थे।

'दोस्त...' - रमेश कभी-कभी परेशान हो जाता था। उसका छोटे क़स्बे में पैदा होना शायद इसका एक कारण था; तभी तो गुलाब के फूल, आँख मारते स्टीकर, गर्मागर्म जोक्स उसे हैरान करते थे। वह सोचता कि पुरुष-स्त्री की यह कैसी दोस्ती है, जिसमें यह सब वल्गर चीज़ें भी इतनी सहज हैं। फेसबुक पर जब वह किसी महिला की फोटो लाइक करता या उस पर कमेन्ट करता, तो मधु तुरंत उसे मैसेज करती थी कि किधर हाथ मार रहे हो। वह अक्सर यह जताती थी कि उसे रमेश का किसी और औरत से बात करना अच्छा नहीं लगेगा, इसलिए वह कभी-कभी पूछती भी थी कि तुम्हारी और कितनी महिला दोस्त हैं। रमेश समझ नहीं पाता था कि मधु एक प्रेमिका-सी ईर्ष्या क्यों दिखाती है।

खाना खाकर रमेश वापस अपने बेडरूम में आ गया। मधु को हेल्लो का मैसेज भेजा। न जाने क्यों उसका दिल धड़क रहा था। रमेश को दो महीने पहले घटी घटना याद आ गई। फेसबुक पर मोबाइल नम्बर पूछने के बाद उसने दूसरी ग़लती की थी। मधु उस दिन भी वैसी ही बातें कर रही थी, जिससे यह झलकता था कि वह सिर्फ़ उसी से बात करे। रमेश ने उत्साहित होकर 'किस' का स्टीकर भेज दिया।

मधु ने पूछा - "ये क्या है?"

"बस मन में जज्बात आए, तो भेज दिया; क्या इसका अर्थ तुम नहीं समझती?" - रमेश पर उसके क़स्बाई संस्कार फिर हावी हो गए थे और उसने बड़े गोल-मोल ढंग से प्रेम निवेदन किया था।

मधु ने सिर्फ़ इतना कहा, कि हम अच्छे दोस्त हैं। फिर वह बताने लगी कि वह अपने पति को कितना प्यार करती है। वैसे पति की बातें वह पहले भी करती थी और कभी भी उसने ऐसा ज़ाहिर नहीं किया था, कि वह पति से नाराज़ हो या उससे उकता गई हो। रमेश ने तब अपनी स्थिति भी देखी। वह भी सुनीता से प्रेम करता है और सुनीता को छोड़कर किसी दूसरी औरत से जुड़ने के ख़याल उसके मन में कैसे आए, इससे वह अचंभित था। रमेश सुस्त पड़ गया था, लेकिन मधु

उसे बार-बार जता रही थी, कि उसने बुरा नहीं माना और हम अच्छे दोस्त बने रहेंगे।

कुछ भी हो, रमेश को झटका लग चुका था। इसके बाद भी उनकी चैट नियमित रूप से चल रही थी, लेकिन रमेश के मन के किसी कोने में कोई डर बैठा था; तभी उसने इस घटना के बाद कभी मधु को कॉल नहीं किया था, हालाँकि इस घटना से पूर्व वे आपस में कॉल कर लेते थे। इसी कारण उसने मुंबई जाने की सूचना कॉल करके नहीं दी थी।

मधु अब ऑनलाइन थी। मैसेज सीन हो चुके थे, मगर न रिप्लाई आया था और न ही टाइपिंग का ऑप्शन आ रहा था। रमेश अधीर हो उठा। आखिर में उसने फिर एक ग़लती करने का फैसला लिया। हालाँकि उसके दिल की धड़कनें तेज हो गई थीं। उसने कान पकड़े हुए एक सेल्फी ली और मधु को सेंड कर दी।

फोटो सीन हुई।

रिप्लाई में स्टीकर था...आँसू बहाता हुआ।

"नाराज़ हो?"

'हम्म्म...'

"अचानक जाना पड़ गया... तुम जानती तो हो कि मैं नैट पैक नहीं डलवाता।"

"कॉल तो कर सकते थे।"

"सॉरी, काम में इतना बिज़ी था कि ध्यान ही नहीं रहा।"

"ध्यान नहीं रहा या..."

"सच कहता हूँ, ध्यान नहीं रहा।"

"तुम्हें बहुत मिस किया; कुछ करने को दिल ही नहीं कर रहा था। पहले सोचा, कि मैं कॉल कर लूँ, फिर मुझे ग़ुस्सा आ गया।"

“घर तो सब ठीक हैं?”

“हाँ, मगर...”

“मगर क्या?”

“तुमसे बात किए बिना चैन नहीं मिलता, आगे से ऐसा किया, तो...”

‘तो...’ - धड़कते दिल के साथ रमेश ने पूछा।

“तभी बताऊँगी...” - साथ ही उसने एंगर दर्शाता स्टीकर भेज दिया।

“ओ.के. बाबा, आगे से कोई ग़लती नहीं होगी।” - रमेश ने ख़ुद को नियंत्रित किया और बात का रुख़ बदलते हुए पूछा - ‘पतिदेव?’

“लैपटॉप पर काम कर रहे हैं।”

“डिनर हो गया?”

“हाँ, अब मैं फ्री हूँ तुम्हारे लिए।” उसने “हा हा हा” के साथ मैसेज का अंत किया।

रमेश का ध्यान पत्नी पर गया, जो अब टी.वी. देख रही थी। उसका फोन रमेश के सामने ही था। क़स्बाई संस्कार सोच रहे थे, कि दिन भर उसकी पत्नी भी फ्री होती है। वह दिल्ली की ही है और शुरू से खुले माहौल में पली है। व्हाट्स-अप और फेसबुक का प्रयोग करती है। मैसेज की टन-टन से उसे लगा, कि कहीं उसका कोई पुरुष मित्र ही उसे संदेश न भेज रहा हो। एक बार उसने पत्नी के फोन को चेक करने की सोची, मगर अब वह बड़े शहर में बड़े पद पर काम करता है; ये दक़ियानूसी ख़याल अब अच्छे नहीं लगते। जब तक वह इस सोच के चक्कर से बाहर निकला, तब तक मधु के तीन मैसेज आ चुके थे। वह पूछ रही थी, कि कहाँ खो गए?

“कहीं नहीं।”

“फिर रिप्लाई क्यों नहीं किया?”

“बस यूँ ही...”

“मुंबई में कोई नई सहेली तो नहीं बना ली!”

“नहीं, नहीं, हम खूँटों से बँधे लोग क्या सहेली बनाएँगे।”

‘खूँटे...?’

“घर-गृहस्थी खूँटे ही तो हैं।”- “हा हा हा” कहकर रमेश ने अपनी इस गंभीर बात को मज़ाक़ का रंग देने की कोशिश की।

“हम्म, कभी-कभी छूट तो मिल ही जाती होगी।” - उसने आँख मारती स्माइली के साथ मैसेज भेजा।

“छूट तो कहाँ मिलती है, बस खूँटे पर बँधे उछल-कूद कर लेते हैं।” - रमेश ने भी उसी स्माइली के साथ रिप्लाई किया।

“थोड़ा-बहुत उछलते रहा करो, ठीक रहता है।” - जीभ निकालती स्माइली के साथ मधु का रिप्लाई आया।

उसने हम्म के साथ जवाब दिया, मगर वह सोच रहा था, कि क्या यह उछल-कूद जायज़ है और जायज़ है तो कहाँ तक! इतने में पत्नी के फोन पर फिर मैसेज टोन खनखनाई। न चाहते हुए भी वह पत्नी के किसी पुरुष दोस्त की कल्पना करने लगा। उसके मन में उथल-पुथल-सी मच गई। उसने तुरंत मधु को पत्नी के आने की बात कहकर शुभ रात्रि का संदेश दिया और बिना उत्तर का इन्तज़ार किए वाई-फाई ऑफ़ कर दिया। खूँटे को बचाए रखने के अनजाने भय को दिलो-दिमाग़ पर उठाए हुए, वह अपने खूँटे पर लौट आया था।

2

दो पाटन के बीच

"बंद करो अब रोना-धोना; कहा था मैंने तो पहले ही, मगर तब मेरी किसी ने नहीं सुनी, अब फँसेंगे सारे... सबके कलेजे ठंड पड़ जाएगी अब।" - भूपिंदर ने अपनी माँ और बहन को कहा।

"हमें क्या पता था, कि वह कलमुँही ये कारनामा कर जाएगी।"

"हाँ, तुझे तो बिलकुल ही पता नहीं था। लोगों के साथ नहीं होता आया ऐसा? मगर जब तक घर को न लगे, तब तक कोई आग को आग कहता है। कितनी बार समझाया था आपको, कि तुम चुप रहा करो, पर माने कौन; अब हो गया वही, जिसका डर सताता था मुझे। चक्की पीसेंगे अब जेल में बैठकर। तुम दोनों तो अपनी ग़लती की सज़ा भुगतोगी, मगर मैं तो यूँ ही पिस गया।" - भूपिंदर ने आँसुओं से भरी अपनी आँखें पोंछते हुए कहा।

इतने में बाहर का दरवाज़ा खटखटाने की आवाज़ आई। आस-पड़ोस के लोग घर इकट्ठा होना शुरू हो गए। पड़ोसनें यूँ तो अमरजीत को ढाढ़स बँधा रही थीं, पर उनकी नज़रें घर का मुआयना भी कर रही थीं और आँगन में पड़ी लाश का भी। लाश थी भूपिंदर की पत्नी मनजोत की। साल भर पहले दोनों की शादी हुई थी। मनजोत एम.ए., बी.एड. थी। विवाह के चार महीने बाद उसने प्राइवेट स्कूल ज्वाइन कर लिया था।

भूपिंदर भी प्राइवेट स्कूल में ही पढ़ाता था। उसका पिता बचपन में ही गुज़र गया था। घर में उसकी माँ, एक छोटी बहन और एक छोटा भाई था। पाँच एकड़ जमीन थी, अच्छा गुज़ारा चल रहा था। भूपिंदर बड़ा समझदार और शरीफ़ लड़का था। गाँव में उसकी क़ाबिलियत के चर्चे थे। एम.ए., बी.एड. करके जब वह प्राइवेट स्कूल में पढ़ाने लगा, तो आमदनी में वृद्धि हुई। आस-पड़ोस के आठ-दस बालक, ट्यूशन भी पढ़ने आने लगे थे। कुल मिलाकर सुंदर तरीक़े से गुज़ारा हो रहा था। साल-भर पहले यह घर ख़ुशियों से भर उठा, जब मनजोत बहू बनकर घर आई। मनजोत बहुत सुंदर थी; उसका रंग दूध-सा सफेद, नाक तीखी, आँखें बड़ी-बड़ी थीं। लम्बा-पतला शरीर साँचे में ढला हुआ लगता था। इतनी सुंदर बहू गाँव में किसी की नहीं, यह सोचकर अमरजीत की छाती गज भर की हो जाती। ऊपर से मनजोत का पढ़ा-लिखा होना सोने पे सुहागा था; लेकिन एक दूसरा पहलू भी था, जो कुछ समय बाद दिखने लगा। वह घर के काम में ज़्यादा निपुण नहीं थी, क्योंकि वह माँ-बाप की लाड़ली थी, इसलिए मायके में रसोई में कम ही गई थी। अपने हक़ के प्रति सजग होने के कारण स्वभाव से सख़्त भी थी। किसी को अपनी तरफ बिना मतलब उँगली नहीं उठाने देती थी।

शादी के बाद के पहले दो महीने तो बड़े बढ़िया बीते, मगर इसके बाद सास-बहू में तू-तू मैं-मैं शुरू हो गई। सास तो आखिर सास होती है; बहू के काम में कमी न निकाले, ये कैसे हो सकता है... ऊपर से मनजोत का काम उसे ऐसा करने का भरपूर मौक़ा देता था। सास-बहू की लड़ाई के चलते भूपिंदर खुद को चक्की के दो पाटों में फँसा हुआ महसूस करता। वह जब मनजोत का साथ देता, तो माँ रोने लगती, कहती, "तू तो ठहरा जोरू का ग़ुलाम; यदि आज सरदार जी ज़िंदा होते तो तुझे अलग करके सुख की साँस लेते, मगर अब क्या करूँ? अकेली जान दो बच्चों को लेकर कहाँ जाऊँ। बेटी तो जवान हो गई है इसकी शादी की चिंता भी सताती है, मगर तुझे तो कुछ फ़र्क़ नहीं पड़ता, तेरे लिए तो तेरी मेम साहब ही सब कुछ है।"

यदि वह माँ का पक्ष लेता, तो मनजोत मुँह फुला लेती, रात को सौ-सौ सुनाती- कहती, "माँ का पल्लू न छोड़ना कभी; यदि उसी की गोदी में बैठे रहना था, तो क्यों करवाया था विवाह? क्यों लाये हो मुझे इस नर्क में?"

भूपिंदर ने बीच का रास्ता निकाला और उसे अपने साथ स्कूल ज्वाइन करवा दिया। आमदनी भी बढ़ी और घर की किच-किच भी कम हो गई। पर मुक़द्दर नाम की भी कोई चीज़ होती है। शायद भूपिंदर के हाथ की लकीरों में हथकड़ी का योग था। पता नहीं किसने मनजोत को पाठ पढ़ाया कि उन्हें शहर में रहना चाहिए। भूपिंदर कहता, कि यह कैसे संभव है... घर में वही ज़िम्मेदार मर्द है। सुरिन्दर अभी सोलह साल का है, सतिन्द्र अठारह की है। पिता का साया सिर पर न होने के कारण, उसका फ़र्ज़ बनता है कि वह बहन की शादी करवाए, छोटे भाई को पैरों पर खड़ा होने में मदद करे। वह मनजोत को समझाता, कि दो-तीन साल की बात है, बस सतिन्द्र के हाथ पीले कर दें, फिर शहर में अपना मकान देखेंगे; अभी किराए का घर लेकर बैठना कोई समझदारी नहीं।"

मनजोत ये सब कुछ जानती- समझती नहीं थी, ऐसा नहीं था... जब भी भूपिंदर प्यार से समझाता, तो वह बात मान जाती, लेकिन जिस दिन सास-बहू में तकरार होती, उस दिन शहर जाने का भूत फिर सवार हो जाता। चार महीने पहले ख़ुशख़बरी मिली, कि मनजोत माँ बनने वाली है। घर का माहौल एक बार फिर सुधर गया। हालाँकि डॉक्टर ने बाद में सख़्त हिदायत दी थी, कि अगर बच्चा चाहिए, तो कम्प्लीट बेड रेस्ट करना होगा। मजबूरी में मनजोत को स्कूल छोड़ना पड़ा। मनजोत के घर रहने से भूपिंदर डरा हुआ था।

उसने माँ को समझाया, "देख माँ, मनजोत थोड़ी ग़ुस्सैल है, मगर तू समझदारी दिखाना, बिना बात की लड़ाई अच्छी नहीं होती; जब घर में बच्चा आ गया तो सब ठीक हो जाएगा।"

माँ ने भूपिंदर को तसल्ली देते हुए कहा था, "बेटा मैं कोई पागल

थोड़े ही हूँ... भगवान ने कृपा करके यह दिन दिखाया है, मैं नहीं लड़ूँगी; वह अगर कुछ कहेगी भी, तो मैं चुप कर जाऊँगी।''

दिन बीतने लगे। भूपिंदर महसूस कर रहा था, कि जब बच्चे के आने की ख़बर ने घर के माहौल को ख़ुशनुमा बना रखा है, तो बच्चे के आने के बाद यह और सुधरेगा... लेकिन दो दिन पहले ही ननद-भाभी में लड़ाई हो गई।

मनजोत ने उसको कहा था, ''सतिन्द्र मुझे एक कप चाय पिला दे!''

सतिन्द्र कॉलेज से थकी-हारी लौटी थी, उखड़ पड़ी। कहने लगी, ''मुझसे नहीं पिलाई जाती चाय; मेम साहिब बनी रौब मारती रहती हो सारा दिन।''

माँ उस समय घर नहीं थी। जब माँ लौटी तो सतिन्द्र ने तिल का ताड़ बनाकर बताया। माँ कब सहने वाली थी। जब भूपिंदर घर आया, तो महाभारत मची हुई थी। मनजोत ने ज़िद पकड़ी कि मुझे अभी मायके छोड़ आओ, मुझे नहीं रहना अब इस घर में। भूपिंदर दोनों को समझा रहा था, पर कोई भी सुनने को तैयार न था। सतिन्द्र आग लगाकर अब चुप थी। माँ कह रही थी, ''ये पहली औरत तो नहीं, जो माँ बन रही है; मैंने नहीं पैदा किये तीन बच्चे! ऐसा तो नहीं, कि पाँच महीने पहले ही बेड पकड़ लो; सब पाखंड करती है ये.. इससे क्या एक कप चाय नहीं बन सकती थी? कॉलेज से थकी-हारी लड़की को चाय पिलाना तो दूर, उससे माँगती है बिस्तर पर बैठी; उसने इंकार कर दिया तो कौन-सी आफ़त आ गई, पर मेम साहब को तो न पसंद ही नहीं।''

भूपिंदर कह रही थी, ''मेरे सिर में दर्द था, ऐसे में चाय पिलाने को कह दिया तो कौन-सी आफ़त आ गई थी।''

रात के समय बड़ी मुश्किल से मनाया था मनजोत को। अगले दिन माँ को भी डराया था, कि यदि उसने कुछ उल्टा-सीधा कर लिया,

तो दहेज़ के मामले में तुरंत पकड़े जाएँगे। उसने बताया था, कि वह इसकी धमकी भी देती है और वह ऐसा कर भी सकती है। माँ का पारा अभी तक उतरा नहीं था और ग़ुस्से में बोली, "ऐसे कैसे दहेज का आरोप लगा देगी वह। एक चुनरी तक नहीं मंगवाई मैंने उसके मायके से; उसके मायके वालों ने जो दिया है, अपनी ख़ुशी से दिया है, अपनी बेटी को दिया है, सारा गाँव भी गवाह है इसका; कहाँ चाय की बात और कहाँ दहेज का मामला; तूने डरना है तो डर, मैं नहीं डरती ऐसी धमकियों से।"

भूपिंदर ने बहुत समझाया था, कि वह ग़ुस्सैल है, पर माँ शांत नहीं हुई। घर में शीत-युद्ध का माहौल बना हुआ था। आज वह अभी स्कूल पहुँचा ही था, कि पीछे से फोन आ गया, कि मनजोत कमरे का दरवाज़ा नहीं खोल रही। वह तुरंत घर पहुँचा। दरवाजे को तोड़कर खोला गया, तो वही हुआ जिसका डर था। मनजोत पंखे से झूल रही थी। सतिन्द्र आज कॉलेज नहीं गई थी। हो सकता है, भूपिंदर के जाने के बाद आज फिर लड़ाई हुई हो, पर अब दोनों रो रही थीं। लाश को उतारकर आँगन में रख दिया गया था। आस-पड़ोस के लोग आ चुके थे। मनजोत के मायके वालों को किसी-न-किसी ने फोन कर ही दिया होगा। गाँव की कई रिश्तेदारियाँ पड़ती हैं वहाँ।

लोग भूपिंदर को ढाढ़स बँधा रहे थे। कह रहे थे, कि तेरा क़सूर नहीं है, हम कुछ नहीं होने देंगे तुझे और तेरे परिवार को; पर वह जानता है, कि ऐसे वक्त में कोई किसी का साथ नहीं देता... फिर कौन मानेगा, कि यह महज़ सास-बहू की लड़ाई का नतीज़ा है। भूपिंदर चाह रहा था, कि वह कमरे की तलाशी लेकर देख ले, कि कहीं वह अपनी धमकी को सच साबित करते हुए कोई नोट तो नहीं लिख गई, लेकिन लोगों के आ जाने के कारण उसे इतनी फ़ुर्सत नहीं मिल रही थी। उसकी आँखों के आगे हथकड़ी घूम रही थी।

3

च्युइंगम

राकेश को च्युइंगम चबाने की आदत है। आदत क्या, लत ही कह सकते हैं। वह जब भी अकेला बैठा होता, उसके हाथ जेब में चले जाते और झट से च्युइंगम उसके मुँह में होती। आज भी युनिवर्सिटी के कॉफ़ी हाउस में बैठा वह च्युइंगम चबा रहा है। जिस रफ़्तार से वह च्युइंगगम चबा रहा है, उसी रफ़्तार से वह मेहर के बारे में सोच रहा है। वह अंदाज़ लगा रहा है कि मेहर आज अकेली आएगी या रीमा के साथ! अक्सर मेहर और रीमा साथ-साथ ही आती हैं। आज उसे लग रहा है कि मेहर अकेले आएगी। उसने रात चैटिंग करते समय इसका इशारा उसको किया था और उसने जिस प्रकार की प्रतिक्रिया दी थी, उससे उसे लगा था, कि वह न सिर्फ़ उसका इशारा समझ गई है, बल्कि उससे सहमत भी है। राकेश भी इसीलिए आज अकेला आया है। वैसे वह तो पहले भी कई बार अकेला आया है, लेकिन आज उसके अकेले आने के पीछे ख़ास मक़सद है।

मेहर और रीमा इसी युनिवर्सिटी में कार्यरत हैं, मगर उनका विभाग दूसरा है। राकेश की मेहर से दोस्ती काफी दिनों की है। राकेश शादीशुदा है, और मेहर भी। राकेश और मेहर सपरिवार भी कई कार्यक्रमों में इकट्ठे हो चुके हैं। उन दोनों की दोस्ती दोनों के परिवारों से छुपी नहीं, फिर भी राकेश चाहता है, कि कॉलेज गोइंग युवक-युवतियों

की तरह वह और मेहर एकांत में मिलें, गप्पें मारें और... और राकेश क्या चाहता है, यह उसे भी पता नहीं; पर इतना तो उसे पता है कि स्टाफ मेंबर्स के बीच, दोस्तों के साथ, परिवार के साथ, वह मेहर से उस तरीक़े से नहीं मिल पाता, जैसा कि वह चाहता है।

राकेश की सोच का चक्र अभी घूम ही रहा था, कि उसे मेहर आती दिखाई दी। वह अकेली है। वह ख़ुशी से लगभग उछल पड़ा, तभी पीछे से रीमा भी कार की चाबी उँगली पर घुमाते दिखाई दी। उसका जोश उसी तरह बैठ गया, जैसे उबाल खाए दूध में ठंडे पानी का छींटा डाल दिया गया हो। वह सोचता है, रीमा कार पार्किंग में लगाकर आई होगी, इसीलिए वह पीछे रह गई। राकेश को लगा मेहर ने ऐसा जान-बूझकर किया है। उसका मक़सद उसे तड़पाना है, इसीलिए वह पहले अकेली दिखी, अन्यथा वे दोनों साथ-साथ आया करती थीं। आज भी वे साथ-साथ आ सकती थीं, लेकिन रात की चैटिंग से वह समझ चुकी थी, कि राकेश उससे अकेले में मिलना चाहता है। राकेश थोड़ा परेशान हो उठा; उसे लगा, कि मेहर को अगर उसकी बात पसंद नहीं आई थी, तो उसे कल ही स्पष्ट कह देना चाहिए था... अगर उसे कल नहीं कहना था, तो कम-से-कम आज शुरू में अकेले नहीं दिखना चाहिए था।

जैसे-जैसे रीमा और मेहर पास आ रही हैं, वह ख़ुद को सहज करने के प्रयास में लगा हुआ है। उनके, क़रीब आते ही, वह चेहरे पर बनावटी-सी मुस्कान ले आया। मेहर के चेहरे पर भी हँसी विराजमान है। मुस्कराहटों के आदान-प्रदान के साथ ही राकेश ने बारी-बारी से रीमा और मेहर से हाथ मिलाया और मुस्कराहट बिखेरते हुए कहा - "बड़ी देर कर दी आने में।"

"मैं निकल ही रही थी कि खड़ूस प्रिंसिपल ने पीछे से आवाज़ दे दी... मेरे कारण रीमा को भी बहुत वेट करना पड़ा और आपको भी।" - मेहर ने आँखों में शरारत भरी मुस्कान भरते हुए 'सॉरी' कहा।

राकेश इस मुस्कराहट की ताब न झेल पाया और उसने नज़र

झुकाते हुए कहा - “नहीं, कोई बात नहीं।”

राकेश ने टेबल के नीचे पड़े डस्टबिन में च्युइंगम को उगल दिया। वेटर को कॉफ़ी का ऑर्डर दिया। बात का कोई सिरा उसे सूझ नहीं रहा था। मेहर शायद समझ गई थी, इसलिए उसने पूछा - “आज सुधीर जी नहीं आए?”

“आ रहे थे, मगर ऐन मौक़े पर उन्हें घर से फोन आ गया।” - राकेश ने कुछ सहज होते हुए कहा।

हालाँकि उसे पता नहीं क्यों लगा, कि यह सवाल पूछते समय मेहर, रीमा की तरफ़ देख रही थी।

राकेश और सुधीर एक ही विभाग में कार्यरत हैं। सुधीर, राकेश से काफी छोटा है, लेकिन उनमें गहरी दोस्ती है। दोनों अपनी हर बात एक-दूसरे से साझा कर लेते हैं। मेहर और रीमा को लेकर भी काफी हँसी-मज़ाक़ उनमें चलता रहता है। शायद इसी हँसी-मज़ाक़ का असर है, कि मेहर के बारे में सोचते ही राकेश के दिलो-दिमाग़ में झनझनाहट-सी पैदा हो जाती है। उम्र के इस पड़ाव पर आकर ऐसे अहसास के पैदा होने से वह ख़ुद कई बार हैरान होता है। वह अक्सर सोचता है, कि यह अहसास एक तरफ़ा है या दो तरफ़ा। मेहर क्या सोचती है... क्या वह भी ख़यालों-ही-ख्यालों में इस अनाम रिश्ते से रस लेती होगी... यह बात राकेश के दिमाग़ में घूमती रहती है। रीमा और सुधीर को लेकर भी उसके मन में कई विचार उठते हैं। हालाँकि सुधीर उससे इस बारे में हँसी-मजाक़ तो कर लेता है, लेकिन जब कभी वह गंभीर होकर उससे रीमा के बारे में पूछता, है, तो वह बात टाल देता है। सुधीर अभी कुँवारा है और बतौर सुधीर, वह कुँवारा ही रहेगा। उसे कई वर्ष पहले एकतरफ़ा प्यार हुआ था। प्रेम निवेदन के ठुकराए जाने पर, वह वैरागी बन बैठा। राकेश अक्सर सोचता है, कि पुरुष भी कमाल के होते हैं... किसी पुरुष को अगर कोई औरत प्रणय निवेदन करे, तो वह कभी नहीं ठुकराता; औरत भले कैसी भी हो, सुंदर या असुन्दर, उससे बड़ी या छोटी, विवाहित या अविवाहित। हाँ,

परिस्थितियों के मुताबिक़ सोच बदल जाती है। कभी सोच प्यार की होती है, तो कभी वह इसे मौक़ा समझता है। लेकिन औरतें इस मामले में ज़्यादा समझदार होती हैं। कोई भी लड़की पहली बार में प्रणय-निवेदन स्वीकार नहीं करती और कभी-कभी तो वे प्रणय-निवेदन को बुरी तरह से ठुकरा देती हैं, जैसा कि सुधीर के मामले में हुआ। सुधीर भावुक क़िस्म का इंसान है और उस घटना को दिल पर ले बैठा। वह उसे समझाता है, कि उस घटना को भूल जा और चुपचाप गृहस्थी सजा ले। जब वह नहीं मानता तो वह यहाँ तक भी कहता है, कि शादी नहीं करनी तो न कर, मौज मस्ती तो कर। वह उसे समझाता है, कि ज़िन्दगी को भरपूर जीना चाहिए... हालाँकि राकेश ख़ुद भी ज़िन्दगी को उन अर्थों में भरपूर नहीं जी पाया, जैसा वह सुधीर को कहता है; मगर इतना तो है, कि वह ज़िन्दगी को भरपूर जीने का आकांक्षी है और इस हेतु प्रयासरत है। वह हर जगह मौक़े की तलाश में रहता है। मेहर भी उसे मौक़ा ही लग रही है, जबकि सुधीर ऐसा नहीं है। राकेश, सुधीर को कहता है कि रीमा भी एक शानदार मौक़ा है और वह उसे लपक ले, मगर वह ठहरा पागल आशिक़।

राकेश कर्मचारी संघ का नेता है। मेहर भी कभी-कभी इस संगठन के कार्यक्रमों में भाग लेती थी। ऐसे ही एक कार्यक्रम में उनकी पहली मुलाक़ात हुई थी। यह पहचान दोस्ती में बदल चुकी है। राकेश इस दोस्ती को मौज-मस्ती में बदलने के लिए प्रयासरत है। मेहर अनजान तो नहीं, लेकिन वह न पीछे हट रही है, न आगे बढ़ रही है। मेहर का व्यवहार, कभी राकेश का हौसला बढ़ाता है, तो कभी उसे लगता है, कि वह वर्तमान दौर के हँसी-मज़ाक़ को ग़लत समझ बैठा है। आज भी वह परेशान है। मेहर और रीमा से बातें करते-करते वह कई बार कहीं खो जाता है।

मेहर ने आखिर पूछ ही लिया - "कोई परेशानी है राकेश?"

"नहीं, मैं अगले हफ़्ते के धरने के बारे में सोच रहा था।"- राकेश ने बात टालते हुए कहा।

“शिट...ये भी मौका है, ऐसी बातें सोचने का!”

“नहीं, बस यूँ ही ख़याल आ गया था।”

कुछ समय तक इधर-उधर की बातें चलती रहीं। दोनों अपने-अपने विभागों के रोने रोते रहे। घर-परिवार का सामान्य हाल-चाल पूछा गया... थोड़ी बातें, थोड़ी चुप्पी का दौर चलता रहा। वे तीनों कॉफी पी चुके थे। मेहर ने रीमा से नज़रें मिलाई और दोनों ने जाने का फ़ैसला किया। राकेश भी उनके साथ उठ खड़ा होता है। बिल अदा करके, वे कार पार्किंग की तरफ चल पड़ते हैं। राकेश उनको अगले सोमवार को धरने पर आने को कहता है। मेहर, कार में बैठते हुए पूछती है, कि कौन-कौन आ रहे हैं? राकेश कुछ प्रमुख कर्मचारी नेताओं के नाम लेता है।

“और सुधीर?”

“उसका कुछ पता नहीं; तुम्हें पता तो है, कि वह इन कामों में कम ही दिलचस्पी लेता है।”

“हाँ, लेकिन आपका साथ तो देना चाहिए; लेकिन लगता है या तो उसे दोस्ती निभानी नहीं आती, या आपको दोस्त बनाने नहीं आते।” - मेहर ने ठहाका लगाते हुए रीमा की तरफ देखा।

“दीदी, लगता है आपको ही सिखानी पड़ेगी इनको दोस्ती।” - रीमा ने हँसते हुए कहा।

रीमा ने गाड़ी स्टार्ट कर ली। मेहर ने होंठों पर मुस्कराहट लाकर बाय करते हुए कहा - “सुधीर आए न आए, हम तो मिलेंगी आपको वहाँ; आखिर दोस्त हैं न, दोस्ती तो निभानी होगी।”

उनको अलविदा कह राकेश भी अपनी गाड़ी की तरफ बढ़ा। मेहर की मुस्कराहट उसे कहीं भीतर तक चुभती-सी लगी। वह सोच में डूब गया।

‘मेहर इस दोस्ती को लेकर क्या सोचती होगी?’ - उसने अपने

आप से पूछा, लेकिन तुरंत उसने ख़ुद से पूछा - 'मेहर की छोड़, तू ख़ुद बता, तू क्या सोचता है?'

उसे कोई निश्चित उत्तर नहीं मिला। इस दोस्ती का अर्थ उसे समझ नहीं आ रहा था। वह बेचैन हो उठा। यंत्रवत उसके हाथ ने जेब में से च्युइंगम निकाल ली। च्युइंगम का रैपर उतारते हुए उसे लगा, जैसे उसका और मेहर का रिश्ता भी इस च्युइंगम की तरह ही है... रसहीन, सारहीन, लिजलिजा-सा। उसे यूँ लगा जैसे बात का सिरा उसके हाथ में आ गया है। उसके मुँह का स्वाद कसैला-सा हो गया। च्युइंगम को मुँह में डालते हुए उसका हाथ रुक गया। उसने च्युइंगम को वहीं फेंक दिया और वह तेज़ क़दमों से अपनी गाड़ी की तरफ चल पड़ा।

4

हश्र

“दीदी...दीदी...क्या हुआ?” - निशि तेज़ क़दमों से कमरे में आते हुए बोली।

“कुछ नहीं निशि, बस तेज खाँसी के कारण उल्टी आ गई; अब ठीक हूँ मैं।” - वन्दना ने अपने आप को सँभालते हुए कहा।

“क्या खाक ठीक हो... खून की उल्टियाँ किये जा रही हो और ऊपर से कहती हो कि मैं ठीक हूँ।”

“कुछ नहीं होने वाला मुझे, न चिंता किया कर इतनी।”

“हाँ, कुछ नहीं होने वाला, बस मृत्युलोक ही पहुँचोगी।” - यह कहते हुए निशि ने वन्दना को सँभाला और फिर बाहर जाते हुए बोली - “अच्छा, मैं डॉक्टर को फोन करके आती हूँ।”

निशि कमरे से बाहर चली गई। वन्दना बिस्तर पर लेट गई। कभी ठीक तो कभी बीमार... वन्दना का यह सिलसिला कई साल से चल रहा था। दरअसल मौसम का बड़ा जल्दी असर होता था उस पर। इस बार कई दिनों से खाँसी जाने का नाम ही नहीं ले रही थी। उलटी तो पहले भी आ जाती थी, लेकिन उलटी में ख़ून आज पहली बार आया था। अनेक चैकअप डॉक्टर ने करवाए थे, लेकिन गंभीर बीमारी का कोई लक्षण नहीं था; हाँ, ख़ून की काफ़ी कमी थी। कमज़ोरी के

कारण चेहरा मुरझा-सा गया था, गोरा रंग, पीले रंग में बदल चुका था। कभी बड़ी-बड़ी आँखें हुआ करती थीं, मगर आजकल अंदर धँसी हुई थीं। आँखों के नीचे स्याह धब्बे पड़ गए थे। आजकल वह ख़ूबसूरत इमारत के खंडहर जैसी थी। खान-पान के मामले को लेकर वन्दना और निशि में लड़ाई हो जाती थी। वन्दना बेहद लापरवाही दिखाती थी। जिससे ख़ून बढ़े, न तो कोई ऐसी ख़ुराक ही लेती थी और न ही दवाई में नियमितता थी। निशि उसकी एकमात्र सहेली थी। सहेली क्या, उसका सब कुछ थी। वैसे तो निशि, उम्र में वन्दना से काफ़ी छोटी थी, परन्तु एक ऑफिस में काम करने और घर से दूर पराए शहर में इकट्ठा रहने के कारण एक-दूसरे के काफ़ी क़रीब थी। वन्दना तो कई सालों से इसी शहर में रह रही थी, जबकि निशि दो साल से उसके साथ रह रही थी। वन्दना का किसी रिश्तेदार से मेल-मिलाप नहीं था। पिछले दो सालों में माँ-बाप से, न कभी वह मिलने गई और न ही कभी वे उससे मिलने आए। निशि जानती थी, कि अपने प्रेम के कारण वह अपने परिवार से कटी हुई है। निशि को वन्दना से बड़ी बहन ही नहीं, अपितु माँ-सा स्नेह मिलता था। निशि भी दिल से उसकी क़द्र करती थी। निशि बहुत बार कहती थी, कि माँ-बाप से सम्पर्क कर ले; लेकिन वह उसे कहती, कि नहीं, अब उसे किसी से नहीं मिलना। बीमार होने पर भी निशि को कहती, कि मैं अगर तुझे बोझ लगूँ, तो मुझे मेरे हाल पर छोड़ देना; लेकिन निशि के लिए वह कभी भी बोझ नहीं थी। पिछले सप्ताह से वह छुट्टी पर चल रही थी। वन्दना का बार-बार बीमार पड़ना, डॉक्टर को भी हैरान करता था। दरअसल वन्दना ने जीने की इच्छा छोड़ दी थी... और ज़िंदगी तो वही जीते हैं, जो जीना चाहते हैं; जो जीना नहीं चाहते, वे तो हर पल मौत की तरफ बढ़ा करते हैं। वन्दना भी मौत की तरफ बढ़ रही है, निशि यह महसूस करती थी। वह हर रोज दफ़्तर से लौटने के बाद, देर तक उसके पास बैठी रहती और कभी उसे समझाते हुए, तो कभी उससे लड़ते हुए, उसमें जिजीविषा पैदा करने की कोशिश करती, मगर हर बार नाकाम रहती।

डॉक्टर को फोन करके निशि, वन्दना के पास आ बैठी और

उसके बालों को सहलाते हुए बोली - "दीदी, क्यों ख़ुद मौत को बुला रही हो; तुमने प्यार किया है या ज़िंदगी का सौदा?"

"प्यार ज़िंदगी का सौदा ही तो होता है।"

"कैसा प्यार है यह और कैसा प्रेमी है वो, जो बेवफ़ाई करके ..."

"बेवफ़ा नहीं हैं वे!" - वन्दना चीखते हुए बोली। चीखने के साथ ही खाँसी का दौर फिर शुरू हो गया। निशि ने उठकर उसे सँभाला। खाँसते-खाँसते वह बोली - "मैंने तुम्हें कितनी बार कहा है, कि उन्हें बेवफ़ा न कहा कर; मगर तू है, कि मानती ही नहीं।"

"अच्छा दीदी, अब नहीं कहूँगी, मगर..."

"फिर वही मगर..."

"यह मगर तो सदा सामने रहेगा ही... आखिर तुम क्यों उन्हें बेवफ़ा मानने को तैयार नहीं हो, जिन्होंने पिछले दस वर्षों से आपसे संपर्क स्थापित करने की कोशिश नहीं की?"

"ये तू कैसे कह सकती है कि उन्होंने कोशिश नहीं की?"

"अगर कोशिश की होती, तो क्या वह तुम्हें कोई ख़त न लिखते, कोई कॉल न करते?"

"जब वे गए, उस समय मेरे पास कोई फोन नहीं था और पता भी बदल गया है।"

"यदि चाहत हो, तो सब कुछ हो सकता है दीदी।"

"हो सकता है कि कोई मजबूरी भी रही हो।"

"ऐसी कौन-सी मजबूरी है जो ..."

"मजबूरी तो सिर्फ मजबूरी होती है निशि और यह मजबूरी इन्सान से बहुत कुछ करवा लेती है।"

"बेवफ़ाई भी?"

“हाँ, बेवफ़ाई भी... मगर वह बेवफ़ाई, बेवफ़ाई नहीं होती।”

“चलो मान लिया, कि वो बेवफ़ाई नहीं होती, तो फिर उसके लिए जीने की उम्मीद तो रखनी चाहिए।”

“जी तो रही हूँ; उन्हीं के लिए है मेरी यह ज़िंदगी।”

“जी कहाँ रही हो दीदी, आप तो ...”

“यह भी ज़िंदगी है पगली और यह ज़िंदगी, प्यार करने वालों को नसीब होती है।” - वन्दना ने ख़यालों में खोते हुए कहा।

“तो क्या वे भी ऐसी ही ज़िंदगी जी रहे होंगे?” - निशि ने व्यंग्य किया।

“नहीं नहीं, ऐसा नहीं हो सकता; भगवान करें वे ख़ुश हों, स्वस्थ हों।”

“और आप?”

“मेरा क्या है, जैसी भी हूँ, ठीक हूँ।”

“क्यों? क्या प्यार सिर्फ आपने किया है, उन्होंने नहीं!”

“प्यार तो उन्होंने भी किया है, लेकिन मेरी दुआएँ हैं न उनके साथ और इन दुआओं के सहारे वे स्वस्थ होंगे, ख़ुश होंगे।”

“दुआओं के सहारे या...”

‘या?’

“या आपको भुलाकर?”

“तुम जो भी कहो, लेकिन मेरा दिल कहता है कि उन्होंने मुझे भुलाया नहीं होगा; वे मुझे भुला नहीं सकते।” - वन्दना ने कहा, लेकिन ऐसा लगा, जैसे वो ख़ुद से झूठ कह रही हो। वन्दना का जीवन के प्रति नज़रिया भी बताता था कि उसे ख़ुद भी लगता था कि उसका प्रेमी उसे भूल गया है, लेकिन वह ख़ुद प्रेम को निभाने की ज़िद ठाने

हुए थी। यह ज़िद उसकी जान की क़ीमत माँग रही थी और वन्दना इससे भी पीछे हटने को तैयार नहीं थी। वह सोचती कुछ भी हो, लेकिन उसकी ज़ुबान पर कोई शिकवा कभी नहीं आया था। इस समय वह छत पर टकटकी लगाए हुए, किन्हीं ख़यालों में खोई हुई थी। निशि ने घड़ी देखी। मन ही मन सोचा, कि डॉक्टर को आ जाना चाहिए था। फिर उसने वन्दना की तरफ़ देखा और उसे बातों में लगाना चाहा, ताकि वह ग़म को भुलाकर, ज़िंदगी जीने का हौसला कर सके। उसके हाथ को अपने हाथ में लेकर प्यार से सहलाते हुए बोली - ''दीदी, तुमने माँ-बाप, समाज किसी की परवाह न करते हुए अपने प्यार के लिए ज़िंदगी जी है; अब तुम्हें उनके आने का इन्तज़ार तो करना ही चाहिए।''

''इन्तज़ार! इंतजार तो उनके लिए होता है, जो दूर हों; जो हर पल दिल में रहे उसके लिए इन्तज़ार कैसा।''

यह उत्तर सुनकर निशि निराश हो गई। उसका, इंतज़ार करने की बात कहने से अभिप्राय था, वन्दना में जीने की चाह पैदा करना... लेकिन उसके जवाब ने उसके इरादे पर पानी फेर दिया। मगर निशि भी हार मानने को तैयार नहीं थी। थोड़ी देर रुककर उसने पुनः बोलना शुरू किया। इस बार उसका उद्देश्य प्यार के द्वारा जीने की इच्छा पैदा करना नहीं था, अपितु नफ़रत के द्वारा जीने की इच्छा पैदा करना था; हालाँकि इस प्रकार का प्रयास वह पहले भी कर चुकी थी।

उसने कहा - ''दीदी, क्यों अपने आपको धोखा दे रही हो; माना कि वो तुम्हारे दिल में हैं; मगर जो व्यक्ति पैसे कमाने के लिए विदेश में बैठा हो, जिसको अपनी प्रेमिका की कोई सुध-बुध न हो, उसके लिए यूँ तड़प-तड़पकर जीना कहाँ तक उचित है?''

''क्यों, क्या पैसे कमाना बुरा है?''

''बुरा नहीं है, मगर पैसे ज़िंदगी के लिए होते हैं, ज़िंदगी पैसों के लिए नहीं होती... अपने माँ-बाप, भाई-बहन और अपनी प्रेमिका तक

को छोड़कर डॉलरों के पीछे दौड़ना तो ठीक नहीं।''

''पैसों में बड़ी ताक़त है निशि।'' - वन्दना ने ज्ञान बघारा।

''क्या रिश्तों-नातों को भुला देने की भी?''

''शायद इतनी तो नहीं, मगर पैसे कमाने के लिए इन सबको भुलाना पड़ता है और पैसा कमाना बेहद ज़रूरी है, क्योंकि बिना पैसों के रिश्ते-नातों में भी आदमी की कोई क़द्र नहीं होती... पैसे हैं तो रिश्ते-नाते हैं।''

ये बातें चल ही रही थीं, कि डॉक्टर साहिब आ गए। उन्होंने वन्दना का चेकअप किया... निशि से भी पूछा। थोड़ा सोचने के बाद उन्होंने कहा, कि यदि मरीज को अस्पताल में दाखिल करवा दिया जाए, तो ज़्यादा बेहतर है, क्योंकि हालत दिनों-दिन बिगड़ती जा रही है। निशि ने तुरंत इसका बंदोबस्त किया। वन्दना तो बार-बार उसे रोक रही थी, कि क्यों इतनी तकलीफ़ उठा रही हो, मगर निशि नहीं मानी। चुपके से वन्दना के बूढ़े माँ-बाप को भी फोन कर दिया। अगले ही दिन वे भी आ गए। डॉक्टर साहिब ने कुछ टेस्ट करवाए और छाती में इन्फेक्शन बहुत अधिक बढ़ने की बात कही। उन्होंने स्पष्ट कह दिया, कि ''बचने के आसार बहुत कम हैं; मैं पूरा प्रयास करूँगा, बाक़ी भगवान की इच्छा।''

भगवान की इच्छा क्या थी, यह तो सभी देख रहे थे... बस इन्तज़ार था, तो अंतिम विदाई का और उसके लिए लम्बा इन्तज़ार न करना पड़ा। मरते वक्त भी वन्दना ख़ुश थी... उसके होंठों पर मुस्कराहट तैर रही थी। यह ख़ुशी, यह मुस्कराहट कैसी थी, मालूम नहीं। शायद ज़िंदगी को ठोकर मार देने की, या फिर वफ़ा के वायदे को निभा पाने की। वन्दना तो अपना वायदा निभा गई, अपने प्यार के लिए... उसने अपनी जान दाँव पर लगा दी, पर प्यार को रुसवा नहीं होने दिया। मगर निशि ... निशि के लिए तो वह अपनों से बढ़कर थी, इसलिए सबसे ज्यादा दुखी वही थी। आँसुओं का सैलाब रोके नहीं रुक

रहा था। उसका दिल चाह रहा था, कि वह चीख-चीखकर वन्दना के प्रेमी से कहे -

"एक बार पलटकर देखा तो होता
क्या हश्र हुआ है तुझे चाहने वाले का।"

5

सुक्खा

सुक्खे ने आत्महत्या कर ली थी। सुक्खा, माँ-बाप का प्यार से रखा गया नाम, लेकिन लोगों के लिए कई वर्ष पहले तक वह सरदार सुखदेव सिंह था। 'माया तेरे तीन नाम, परसु, परसा, परसराम' की तर्ज़ पर सुक्खे का नाम बदला था; बस यहाँ क्रम उल्टा रहा। वह सरदार सुखदेव सिंह से पहले सुखदेव बना और अब वह सिर्फ सुक्खा था। गाँव की चौपाल पर आज चर्चा का विषय सुक्खा ही था। सुक्खे की बातें करते-करते लोग बातों में रामू सेठ को घसीट लाए थे। सबसे पहले मेहरसिंह ने कहा, "साला बाणिया, पूरे गाँव को खा गया।"

रामू, गाँव का आढ़तिया था। मेहरसिंह ने उससे क़र्ज़ लिया हुआ था। गाँव के बहुत से लोग उससे क़र्ज़ लेते थे। कई तो सरदार सुखदेवसिंह से सुक्खे तक का सफर तय कर चुके थे, तो कई अभी मेहरसिंह ही बने थे; परन्तु 'मेहरू' बनना अभी बाकी था। ज़रूरत के समय सभी रामू सेठ की तरफ़ भागते थे और बाद में चौपाल में बैठकर उसे गालियाँ देते थे।

निहाले ने मौक़ा देखकर अपनी भड़ास निकाली, "अब वह फँसा ही समझो।"

'कैसे?' - मेहरसिंह ने उतावला होते हुए पूछा।

"सुक्खे ने रामू के पैसे देने हैं; हो सकता है, रामू से तंग आकर उसने आत्महत्या की हो। यदि उसके परिवार ने पुलिस को ये बयान दे दिया कि रामू उन पर दवाब बनाता था, तो समझो वो गया जेल।" - निहाले ने ऐसे कहा जैसे वह इस बात को सुक्खे के परिवार तक पहुँचाना चाह रहा हो।

"ऐसे कैसे चला जाएगा जेल! रामू कोई पैसे उसके घर फेंककर तो नहीं आया था, आख़िर उसने ख़ुद उधार लिया था, पूरे होशो-हवास में उधार लिया था।" - सरदार जगसीर सिंह बोल उठा।

सरदार जगसीर सिंह, रामू का हिमायती था। रामू पैसा उधार देता ही नहीं था, अपितु लेता भी था। सरदार जगसीर सिंह जैसे कुछ खाते-पीते जमींदार, दो रुपये प्रति सैकड़े के हिसाब से रामू को पैसे उधार देते थे, जिसे रामू, सुक्खे और मेहरसिंह जैसे लोगों को तीन रुपये प्रति सैकड़े के हिसाब से ब्याज पर दे देता था। कुछ पैसा उसका अपना भी था। रामू सेठ पशुओं की ख़ुराक और कीटनाशक आदि भी रखता था, जो अक्सर लोग उससे उधार लेकर जाते थे। उसकी घरवाली, कपड़े की दुकान चलाती थी और उसके बेटे की किराने की दुकान थी। पूरा परिवार कोल्हू के बैल की तरह काम करता था। ख़र्च के मामले में वे बहुत कंजूस थे, यह बात सारा गाँव जानता था।

सरदार जगसीर सिंह का समर्थन करते हुए सोहन सिंह ने कहा, "ठीक कहते हो आप; सुक्खे ने क़र्ज़ लेते समय कल की चिंता नहीं की थी। कर्ज लौटाना भी पड़ता है और यह मूल से बढ़कर होता है; न जाने क्यों इसकी चिंता उसने नहीं की। उसका अपने परिवार पर कोई नियन्त्रण नहीं था। उसकी औलाद के पास जितने का सामान सदैव रहता है, उतने का तो शायद रामू के घर में न हो।"

"ऐसा भी क्या करते हैं सुक्खे के लड़के?"- मेहरसिंह ने असंतोष जताया।

"बड़ा, जीप से नीचे पाँव नहीं रखता, तो छोटे के पास बुलेट

मोटरसाइकिल है। दोनों के पास साठ-साठ, सत्तर-सत्तर हजार के आईफोन हैं, महँगे ब्रांड के कपड़े पहनते हैं, खाने-पीने में खुला ख़र्च करते हैं।''

''छोटे के पास से तो नाजायज़ हथियार भी पकड़ लिया था पुलिस ने; एक लाख रुपये देकर छुड़वाया था सुक्खे ने।'' - पीछे बैठे वीरे ने कहा।

''माना उसकी औलाद बुरी निकल गई, पर रामू ने भी खूब लूटा है उसको।'' - मेहरसिंह ने हार न मानते हुए कहा।

''सुक्खे की छोड़; यदि रामू इतना ही बुरा है, तो तू क्यों नहीं ख़ुद को बचाता उसके जाल से? क्यों लेता है उससे कर्ज?'' - सोहनसिंह ने कहा।

''जी तो बड़ा करता है, पर क्या करूँ, कुछ समझ ही नहीं आता। एक तो फसल नहीं होती, ऊपर से सरकार जीने नहीं देती।'' - मेहरसिंह ने उदास होते हुए कहा।

''और अपने ख़र्चे?'' - सोहनसिंह ने चोट की।

मेहरसिंह ने अभी कुछ समय पहले ही बेटी की शादी बड़ी धूमधाम-से की थी। पैसा पानी की तरह बहाया गया था। इसी कारण, उसे एक बार फिर क़र्ज़ लेना पड़ा था। वैसे पहले भी उसने रामू के काफी पैसे देने थे।

''क्या करें, रिवाज ही ऐसे बन गए हैं; यदि दो पैसे न खर्च करें, तो नाक कटती है और ख़र्च करें, तो क़र्ज़ बढ़ता है।'' - मेहरसिंह ने बेबसी के साथ कहा।

फालतू के दिखावे, बढ़ती महँगाई और खेती से कम होती आमदनी ने, किसानों की हालत पतली की हुई थी और वे क़र्ज़ लेने को मजबूर थे। कुछ लोगों ने चादर को सिकुड़ते देख पैर समेट लिए थे, जबकि कुछ सँभले नहीं। सुक्खा उन किसानों में से था, जो हालात के

मुताबिक़ ख़ुद को बदल नहीं पाये थे। उसके सिर पर भारी क़र्ज़ था। जिन दिनों वह सरदार सुखदेवसिंह था, उन दिनों उसके पास पन्द्रह एकड़ ज़मीन थी। पिता की अकेली सन्तान था, खर्चा कम था, आमदनी अधिक थी। धीरे-धीरे हालात बदलने लगे। ख़र्चा बढ़ने लगा और आमदनी कम होने लगी। उसने पैरों को चादर के मुताबिक़ करने की बजाय, क़र्ज़ से चादर को बड़ा करना उचित समझा। पुराने घर को गिराकर नई कोठी बनाने के लिए उसने पहली बार बैंक की दहलीज़ पार की। क़र्ज़ लेने हेतु बैंक की सीढ़ियाँ चढ़ना, उसकी गाड़ी के पटरी से उतरने की शुरूआत थी। हालात उस समय और बिगड़ गए, जब उसने बड़ी बेटी की शादी की। विवाह पर खुलकर ख़र्च न हो, ये कैसे हो सकता था। बैंक का क़र्ज़ पहले ही काफ़ी हो चुका था, तो इस बार रामू सेठ के पास जमीन गिरवी रखकर क़र्ज़ लिया गया। रामू सेठ बस सुरक्षा की दृष्टि से ही ज़मीन गिरवी रखता था... असल में, तो वह रक़म पर ब्याज लेता था। सुखदेव को भारी मात्रा में ब्याज देना पड़ा, तो सारी फसल ब्याज चुकाने में ही जाने लगी। रोज़मर्रा की चीज़ें भी उधार आने लगीं। दिनों-दिन क़र्ज़ की गठरी भारी होती गई। बैंक का तक़ाज़ा बढ़ने पर उसने तीन एकड़ ज़मीन बेच दी। पहली बार ज़मीन बेचते समय वह थोड़ा सकुचाया था, लेकिन जल्द ही उसकी आँखों का पानी मर गया... ज़मीन बेचना उसके बाएँ हाथ का खेल हो गया, जबकि ज़मीन ज़मींदार की जान कहलाती है। उसे अगली मार, छोटी बेटी की शादी पर पड़ी। बड़ी बेटी की शादी पर ख़ूब ख़र्च किया था, तो छोटी बेटी पर क्यों न करता, भले ही अब तक वह पूरी तरह से खोखला हो चुका था। क़र्ज़ पहले से ही ज़्यादा होने के कारण और क़र्ज़ मिलना मुश्किल था, इसलिए छोटी बेटी की शादी पर चार एकड़ ज़मीन बेचनी पड़ी। अब तक वह सुखदेवसिंह बन चुका था।

बेटियों की शादी के बाद उसने सोचा, कि वह अब सँभल जाएगा, लेकिन जिसको उधार लेकर खाने की आदत पड़ जाए, वह आमतौर पर कम ही सँभलता है। कभी मुकर जाने के ख़याल, तो कभी सरकार से क़र्ज़ा माफ़ी की उम्मीद, उसे क़र्ज़ लेने को उकसाती रही।

शादी के बाद भी बेटियों के ख़र्च कम नहीं होते। बेटियों के बच्चों के जन्म पर भी माँ-बाप को ख़र्च करना पड़ता है, तो तीज-त्यौहार पर भी... ऊपर से बेटे भी खर्चीले निकले। उन्हें रोज़ पेट्रोल-डीजल के लिए नक़द चाहिए था। रोज़ के खर्चे, ब्याज और कुछ उधार चुकाने में तीन एकड़ जमीन और बिक गई। अब वह सिर्फ पाँच एकड़ वाला सुक्खा था। इस समय उसे बैंक का क़र्ज़ भी देना था और रामू का भी।

"कल सुक्खे की अपने छोटे बेटे के साथ खूब लड़ाई हुई थी।" - वीरे ने फिर रहस्य की बात बताई।

'अच्छा...!' - सोहनसिंह ने हैरानी जताई।"

"वैसे ये कोई नई बात नहीं थी, उनके घर तो रोज की लड़ाई थी; बस फ़क़ं इतना था, कि कल पिता-पुत्र लड़ते-लड़ते गली में आ गए थे। दोनों के हाथ में लाठियाँ थीं, बड़ी मुश्किल से हटाया था हमने।" - वीरे ने बात को आगे बढ़ाया।

"तो ये बात है।" - सरदार जगसीरसिंह ने कहा और निहाले से मुख़ातिब होते हुए बोला, "तू तो कहता था, कि रामू के कारण मरा है सुक्खा!"

"जब घर में तंगी हो, तो लड़ाई होती ही है और जब घर में रोज़ लड़ाई रहने लगे, तो कुछ-न-कुछ बुरा भी होता है।" - सोहनसिंह ने समझदारी भरी बात कही।

"सब अमीर के हिमायती हैं।" - निहाले ने निराश होते हुए कहा। उसने जो चिनगारी फेंकी थी, वो आग की लपटों में न बदल सकी, इसका उसे अफ़सोस था।

"बात अमीर-ग़रीब की नहीं, सच की है; रामू सेठ, तंगी काटते हुए, पैसे बचाता है और बचे हुए पैसे ब्याज पर देता है, जबकि सुक्खे जैसे लोग क़र्ज़ लेकर गुलछर्रे उड़ाते हैं। जब आमदनी कम हो, तो ख़र्च भी कम करना चाहिए। हमारे कोई आपसे अलग फ़सल तो नहीं होती, मगर खुद को सँभाल रखा है। हो सकता है, रामू, उधार वाले

को खाद-स्प्रे महँगी देता हो, मगर किसी के घर पैसे तो फेंकने नहीं जाता।'' - सोहनसिंह ने कहा।

''क़र्ज़ लेना भी बुरा है और क़र्ज़ का इतनी आसानी से मिल जाना भी बुरा है। आजकल तो बैंक वाले भी घर-घर जाकर लोन बाँटते फिर रहे हैं... इस पर भी कुछ लगाम लगनी चाहिए। राजनैतिक दलों के, चुनाव के समय ऋण माफ़ी के झूठे आश्वासन भी ऋण लेने के लिए प्रेरित करते हैं, उनको भी रोका जाना चाहिए। सियाने लोग कहते हैं कि ताली दोनों हाथों से बजती है।'' - गाँव के बुजुर्ग कृपालसिंह ने निष्कर्ष निकालते हुए कहा।

''ये तो आपने सही कहा।'' - सबने सहमति दी।

चर्चा किसी नए विषय की तलाश तक बर्ख़ास्त हो गई थी।

6

दलदल

"और कैसे हो राधू!" - मैंने राधेश्याम से पूछा।

राधेश्याम को गाँव में सभी राधू ही कहते हैं। वह हमारा बचपन का साथी है। उम्र में भले वह मुझसे छोटा है, लेकिन साथ-साथ क्रिकेट खेलते हुए हम बड़े हुए हैं। ज़िंदगी ने उसे दगा दिया था, या फिर वह ख़ुद फिसल गया था, इस बारे में कुछ निश्चित नहीं था और ऐसी बातें सीधे-सीधे पूछी भी नहीं जातीं। कौन-सी बात, कब किसी को चुभ जाय, इसका अंदाज़ा नहीं होता। सहानुभूति को ग़लत समझा जा सकता है, क्योंकि आमतौर पर लोग सहानुभूति जताने के नाम पर ज़ख़्मों को कुरेदते हैं, बाल की खाल खींचकर बातों में रस लेते हैं। यही कारण था, कि अंदर से उसके बारे में वास्तविक तथ्य जानने की इच्छा होते हुए भी, मैं बस उसका हाल ही पूछ पाता था। आज भी मैंने सिर्फ उसका हाल पूछा था।

"बस ठीक ही है भाई।" - उसने उदासी और निराशा में कहा।

"बड़े दिनों के बाद दिखे हो, कहाँ रहे इतने दिन?" - उसके चेहरे की उदासी को देखकर, मैंने उसे कुरेदने की कोशिश की।

"क्या बताऊँ यार रमेश, लगता है पुलिस का मुझसे कोई बैर है; मैं जितना बचने की कोशिश करता हूँ, यह उतना ही मेरे पीछे पड़ती

है।'' - उसने मेरे पास बैठते हुए कहा। शायद वह आज फुरसत में था और अपना दर्द कम करने के लिए उसने दिल का ग़ुबार निकाला। पुलिस के साथ उसके रिश्ते से सभी परिचित थे। बलात्कार के केस में वह सात साल की सज़ा काटकर आया था, लेकिन उसके बाद वह पिछले दो वर्षों से गाँव में ही था और विवाह करवाकर अपने खेती के काम-धंधे में लगा हुआ था।

हमारा खेलना तो कब का छूट गया था, लेकिन खेलने के नाम पर मेरी और कुछ साथियों की शाम के समय मैदान में आने की आदत बरक़रार थी। मैं आज मैदान में अकेला बैठा बाकी साथियों का इन्तज़ार कर रहा था, कि राधू आ गया। राधू कभी-कभार आ जाया करता था, लेकिन पिछले कुछ समय से वह न मैदान में आया था, न गाँव में दिखा था और इसी को आधार बनाकर मैंने उसके न दिखने की बात पूछी थी। उसका उत्तर सुनकर मेरा हौसला बढ़ा। मुझे लगा, कि वह अपनी कहानी मुझे सुना सकता है, इसलिए मैंने उसे फिर टटोला - ''अब क्या हो गया?''

''तुम्हें तो पता ही है, महीना भर पहले शहर में दंगे हुए थे। मैं तो उस दिन अपने काम से शहर गया था। पुलिस इसी आधार पर मुझे पकड़कर ले गई, अभी कल छूटकर आया हूँ... अब तुम्हीं बताओ, क्या शहर जाना अपराध है?''

''शहर जाना तो अपराध नहीं, लेकिन तुम पुलिस की नज़र में अपराधी ठहरे... सुना है, पुलिस वाले सभी पुराने सज़ायाफ़्ता लोगों को ध्यान में रखते हैं और जब भी उन्हें कुछ आदमियों को पकड़कर जनता के आक्रोश को शांत करना होता है, तब वे ऐसे ही दाग़ी लोगों को पकड़ते हैं। इस बार भी शहर में दंगा करने वाले लोगों को पकड़ने का जबर्दस्त दवाब था। अब पुलिस असली दंगाइयों को इतनी जल्दी कहाँ से पकड़े, इसलिए उसने तुम जैसे लोगों को पकड़ा होगा।'' - मैंने अपनी राय दी।

''तुम ठीक कहते हो, मगर...'' - उसने सहमति जताई, साथ ही

वह और उदास हो गया और इसी कारण वह अपनी बात कहते-कहते रुक गया।

"क्या हुआ राधू, तुम इतना उदास क्यों हो गए? तुम तो बहुत दिलेर थे, ऐसी छोटी-छोटी बातें तो ज़िंदगी में होती ही रहती हैं।" - मैंने सहानुभूति जताते हुए कहा।

मेरे सहानुभूति भरे बोलों ने उसकी आँखों को नम कर दिया। वह आँखों को पोंछते हुए बोला - "शायद मेरा मुक़द्दर ही ख़राब है... जब गुनाह किया, तब भी मार खाई, जब गुनाह नहीं किया, तब भी मार खाई।"

"हौसला रखो यार, तुम तो बड़ी दिलेरी से सज़ा काटकर आए थे, अब..."

मेरी बात को बीच में ही काटते हुए वह बोला - "तब लगता था, कि ग़लती मेरी है। कॉलेज के दिनों में कई बार लड़ाई-झगड़ों के चलते भी पुलिस की मार खाई... लेकिन तब लगता था, कि दूसरे गुट के लड़कों की पिटाई की है, पुलिस की मार का क्या है; लेकिन अब, जब गुंडागर्दी छोड़ चुका हूँ, तब भी मार खानी पड़ती है, तो कभी क़िस्मत पर रोना आता है तो कभी मन करता है, कि फिर वही काम शुरू कर दूँ।"

"अरे नहीं, सब ठीक हो जाएगा, तुम दिल छोटा न करो... इन दंगों की मार तो सदैव ही बेगुनाहों पर पड़ती है; कुछ बेगुनाह, दंगाइयों का शिकार हो जाते हैं, तो कुछ पुलिस का, तुम इस घटना को अपनी बीती ज़िंदगी से न जोड़ो, इसी में भलाई है।"

"इसे तो नहीं जोड़ता, मगर कुछ बातें ऐसी भी हैं, जो कुछ भी भूलने नहीं देतीं।" - वह फिर रुआँसा हो गया।

"यदि बुरा न मानो तो क्या मैं जान सकता हूँ, कि अब ऐसा क्या हो गया, जिसने तुम्हें इतना निराश कर दिया है।"

"बात दरअसल मुक़द्दर की है; शायद मेरे अपराधी होने की बात मेरे माथे पर लिखी हुई है, जो पुलिस मुझे देखते ही पढ़ लेती है... वो पुलिस चाहे इस इलाक़े की हो, या फिर किसी दूसरे इलाक़े की।"

"मैं कुछ समझा नहीं; कुछ स्पष्ट कहो, तो मैं भी समझ जाऊँगा, साथ ही तुम्हारा दुःख भी कम हो जाएगा।"

"बात तीन-चार महीने पहले की है; मैं रिश्तेदारी में गया हुआ था। रिश्तेदारों के पड़ोसियों ने शराब निकाली थी। इसकी ख़बर पुलिस को मिल गई होगी, तभी वह 'रेड' पर थी। जब पुलिस आई, तब मैं घर के बाहर बने चबूतरे पर खड़ा था। रिश्तेदार का पड़ोसी भी वहीं खड़ा था। आँधी की रफ़्तार से आई पुलिस ने आव देखा न ताव, हम दोनों की धुनाई शुरू कर दी। बाद में जब असलियत पता चली, तो मुझे छोड़ दिया, क्या यह मुक़द्दर का ही खेल नहीं?"

"हाँ, यह तो तेरे साथ नाइंसाफी हुई; मगर तूने यह रास्ता तो ख़ुद ही चुना था।" - मैंने उसके पहले के कारनामों के बारे में जानने के लिए जानबूझकर पूछा।

"हाँ, रास्ता तो यह मेरा ही चुना हुआ है, लेकिन मैं अब चाहकर भी उस छवि से आज़ाद नहीं हो पा रहा।"

"वो बलात्कार का केस..." - मैंने हिम्मत करके असली बात छेड़ दी।

"हमारी नादानी थी।"

'मतलब?'

"मैं यह भूल गया था, कि इस समाज में पुरुष-स्त्री के मामले में बदनाम भले ही औरत ज़्यादा होती है, लेकिन क़ानून की नज़रों में दोषी सिर्फ पुरुष होता है।"

"यानी दोष लड़की का भी था?" - मैंने भी बाल की खाल खींचने जैसा कार्य करते हुए प्रश्न पूछा।

"नहीं, दोष जवानी का था। लड़की कॉलेज में पढ़ती थी और मैं कॉलेज का बदमाश था; कॉलेज और शहर में मेरा दबदबा था। वह लड़की मेरे द्वारा फैलाए प्रेमजाल में फँस गई। वैसे मेरे जाल में फँसने वाली वह पहली लड़की नहीं थी... मैं और मेरे साथी अक्सर किसी-न-किसी को अपने जाल में फँसाए रखते थे। ऊपर से प्यार का ड्रामा किया जाता, मगर मक़सद सिर्फ जिस्म होता। कुछ समय के बाद, हर लड़की को आम की गुठली की तरह फेंक दिया जाता था।"

"फिर उसे क्यों नहीं फेंका?" - मैंने उसे बीच में टोकते हुए पूछा।

"उसे फँसाए अभी थोड़ा ही समय हुआ था; मुझसे ग़लती यह हुई, कि मैं उसे अपने खेत में बने कमरे पर ले आया। शराब-शबाब के नशे ने मुझे पागल कर दिया। पहले भी जब किसी लड़की को हम कमरे पर लाते थे, तो शाम तक उसके घर पहुँचने का ख़याल रखते थे, लेकिन उस दिन मैंने उसे रात भर अपने पास रखा। जवान लड़की अगर रात को घर नहीं जाएगी, तो माँ-बाप तो चिंतित होंगे ही। रात-भर उसके घर वालों ने उसे इधर-उधर ढूँढ़ा। उनके आस-पड़ोस में बात आग की तरह फैल गई। अगले दिन लड़की जब घर पहुँची, तो सारी बात पता चली। बदनामी हो चुकी थी। मेरे विरुद्ध कार्यवाही होनी निश्चित थी। लड़की बालिग़ थी। मुझे उम्मीद थी, कि वह मेरे ख़िलाफ़ ब्यान नहीं देगी, क्योंकि अभी तक प्रेम का रंग उतरा नहीं था। अगर वह मेरे ख़िलाफ़ बयान न देती, तो मैं बच जाता, लेकिन लड़की ने घर वालों के दवाब में सहमति को बलात्कार का नाम दे दिया।"

"सज़ा काटने के बाद उससे मेल-मिलाप नहीं हुआ?" - मैंने जानबूझकर यह बात पूछी, ताकि मैं अब उस सन्दर्भ में उसके विचार जान सकूँ।

"जेल में रहते हुए शुरू-शुरू में तो सोचता था, कि सज़ा पूरी हो जाए, उसे और उसके परिवार को सबक सिखाऊँगा, लेकिन धीरे-धीरे इरादा बदल गया। सोचा, बहुत हो गया, अब सुधरना चाहिए; अपनी

ज़मीन है, क्यों न अब ढंग से जीवन जिया जाय। हाँ, जेल में साथी क़ैदी अक्सर कहते थे, कि एक बार जो सज़ा काट गया, वह बदमाशी में पहले से बड़ा हो सकता है, सुधर नहीं सकता। मैं कहता था कि नहीं, अब सब कुछ बदल दूँगा। जेल से निकलते ही विवाह कर लिया; एक बच्चा भी है। ख़ुद भी चाहता हूँ, कि अतीत की काली छाया मेरे भविष्य पर न पड़े, लेकिन पता नहीं क्यों वैसा ही होता है, जैसा मैं नहीं चाहता। शायद मेरे साथी क़ैदी ठीक ही कहते थे।'' - यह कहते-कहते वह उठ खड़ा हुआ और चलने से पहले हाथ मिलाने के लिए हाथ आगे बढ़ाया। हाथ मिलाते हुए, मैंने दूसरे हाथ से उसके हाथ को थपथपाते हुए आश्वासन दिया - ''धैर्य रखना राधू, सब ठीक हो जाएगा।''

'सब ठीक हो जाएगा।' - कहने को तो मैंने कह दिया था, लेकिन मुझे नहीं पता, कि यह ठीक होगा या नहीं। राधू की बातों से लगा, कि अगर मुक़द्दर ने उसके साथ इसी तरह का खिलवाड़ एक-दो बार और कर दिया, तो उसे अपराध के दलदल में पुनः घुसने से कोई नहीं रोक पाएगा।

7

कवच

पाँचों पांडव और द्रौपदी अपने महल में बैठे चौसर खेल रहे हैं। सुधीरकुमार, कैमरामैन रंजन के साथ, वहाँ पहुँचता है। युधिष्ठर से मिलने का समय लिया गया था, अतः उन्हें सेविकाएँ अंदर ले आती हैं। दोनों सम्राट युधिष्ठिर, साम्राज्ञी द्रौपदी और अन्य पांडवों को प्रणाम करते हैं।

युधिष्ठिर पूछते हैं, ''कहिए पत्रकार महोदय, कैसे आना हुआ?''

''महाराज हम यह जानना चाहते हैं कि महाभारत के युद्ध का उत्तरदायी कौन था?''

''क्यों, तुम्हें इसकी क्या ज़रूरत आन पड़ी?''

''महाराज, कलयुग में यह बहस का मुद्दा है... कुछ लोग कौरवों को उत्तरदायी मानते हैं तो कुछ...'' - सुधीर ने बात को बीच में ही छोड़ दिया।

''कुछ लोग क्या कहते हैं, निडर होकर कहो पत्रकार।''

''कुछ लोग आपको भी उत्तरदायी मानते हैं।''

''तभी तो यह कलयुग है।''

''मैं समझा नहीं।''

“यहाँ कौरवों का पक्ष लिया जाए, जहाँ धर्म के विरुद्ध लोग खड़े हों, जहाँ हमें महाभारत का उत्तरदायी ठहराया जाए, वो तो निस्संदेह कलयुग ही होगा।”

“जी, फिर भी आप अपना पक्ष तो रखिए।”

“पक्ष तो वहाँ रखा जाता है, जहाँ विवाद हो; उस युद्ध के लिए कौन उत्तरदायी है, यह तो निर्विवादित है।”

“मगर महाराज, कलयुग में आपके चौसर खेलने पर प्रश्न उठते हैं।”

“कहा तो है कलयुग, इसीलिए कलयुग है।”

“मैं समझा नहीं।”

“झूठा दोषारोपण ही काम है वहाँ के लोगों का।”

“आप चौसर खेलने, पत्नी को दाँव पर लगाने को कैसे ठीक मानते हैं?”

“वो सब प्रभु की माया थी, आदमी उसके हाथ की कठपुतली है।”

“फिर तो युद्ध के लिए कौरव दोषी कैसे?”

“आप क्या कहना चाहते हैं पत्रकार महोदय?”

“मेरे कहने का भाव है, कि फिर तो युद्ध भी प्रभु की माया हुई।”

युधिष्ठिर बोलते, इससे पहले ही द्रौपदी बोली - “आप महाराज से ज़ुबान लड़ाते हैं!”

“नहीं साम्राज्ञी, हम तो...”

“इस बारे में सम्राट कोई बात नहीं करेंगे।” - साम्राज्ञी ने आदेश दिया।

“ठीक है, मगर आपसे भी एक प्रश्न पूछना था।”

‘पूछिए।’ - साम्राज्ञी ने साड़ी के पल्लू को ठीक करते हुए कहा।

“कलयुग में चर्चा है कि आपने भी आग में घी डाला था।”

“मैं अबला क्या आग में घी डालूँगी; वैसे महाराज ने सही कहा है, कि कलयुग इसीलिए कलयुग है।”

“क्या आपने दुर्योधन को अंधे का बेटा अंधा और कर्ण को सूत पुत्र नहीं कहा?”

“मेरी बात को तोड़-मरोड़कर पेश कर रहे हैं कलयुग के लोग।”

“मतलब आपका कोई दोष नहीं?”

“क्यों, आपको कोई संदेह है?”

“नहीं साम्राज्ञी, कोई संदेह नहीं।”

ऐसा कहकर सुधीर उठ खड़े हुए और उनसे विदा ली। रंजन ने उससे पूछा, बाक़ियों से प्रश्न नहीं पूछना? सुधीर ने समय कम होने की बात कही और वे महल से बाहर निकल गए।

***

सुधीर और रंजन, दुर्योधन के दरबार में पहुँचते हैं। नर्तकियाँ नृत्य कर रही हैं। नृत्य रुकवाकर, सुधीर और रंजन को दुर्योधन के पास ले जाया जाता है।

शिष्टाचार के बाद सुधीर प्रश्न करता है,“युवराज! सम्राट युधिष्ठिर आपको युद्ध का उत्तरदायी मानते हैं।”

“वह तो है ही झूठा... ढोंगी, धर्मराज बना फिरता है, मगर क़दम-क़दम पर झूठ बोलता है।”

“लेकिन राजसिंहासन पर तो उसी का अधिकार था?”

“आप भी उसी की भाषा बोल रहे हैं?”

“नहीं युवराज, हम तो आपकी राय जानना चाहते हैं।”

“मेरी राय जानना है, तो सुनो; राजसिंहासन पर मेरा अधिकार था, मैं महाराज धृतराष्ट्र का ज्येष्ठ पुत्र था।”

“लेकिन आपके वंश में राजा भरत ने यह परम्परा शुरू की थी, कि राजा वही होगा, जो योग्य होगा।”

“तो किसने कहा कि मैं योग्य नहीं था!” - दुर्योधन ने गुस्से से चीखते हुए कहा, फिर कुछ शांत होकर बोले, “वो तो कपटी मुरली वाले के कारण हम हारे, अन्यथा हमने अपनी योग्यता सिद्ध कर दी होती और रही बात परम्परा की, तो परम्पराएँ तो बनती ही टूटने के लिए हैं।”

“आपने द्रौपदी के साथ भी दुर्व्यवहार किया था।”

“वो हमारी दासी थी।”

“फिर भी थी तो नारी।”

“दासियाँ सिर्फ दासियाँ होती हैं।”

“लेकिन इससे युद्ध की भूमिका तो बनी।”

“युद्ध तो उसी दिन निश्चित हो गया था, जिस दिन वे कपटी, सिंहासन पर अपना अधिकार जताने लगे थे।”

“यानी दोष पांडवों का था?”

“आपको कोई शक?”

“नहीं, लेकिन भीष्म पितामह ने तो समझौता करवाना चाहा था!”

“वह बुड्ढा तो था ही उनके पक्ष का; हरामी ने जिस थाली में खाया, उसी में छेद किया।”

“आपके पिता की भूमिका...”

“वे तो बेचारे थे ही अंधे। सब कपटी लोग उन्हें घेरे हुए थे। मेरे मामाश्री ने मुझे दिशा दिखाई। हमें अपने अधिकार के लिए लड़ना पड़ा और अगर वह कपटी मुरलीवाला नहीं होता, तो हम जीत गए होते।”

“आपके मामाश्री से बात हो सकती है?”

“नहीं, वे पाँसों की पूजा कर रहे हैं।”

इसके बाद सुधीर और रंजन वहाँ से चल दिए। दुर्योधन के रंगमहल के बग़ल में ही, कर्ण का भवन था। कर्ण, बाहर टहलते हुए मिल गए। प्रणाम करके सुधीर ने पूछा, “आपको कौन्तेय कहें या राधेय?”

“कुछ भी कहो, इस हतभाग्य को क्या अंतर पड़ना है।”

“आप पर आरोप है, कि आपने दोस्ती का धर्म नहीं निभाया।”

“झूठ; लगता है, कि आप दोस्ती का अर्थ नहीं जानते... अगर मैंने दोस्ती का धर्म नहीं निभाया, तो कोई नहीं निभा सकता।”

“आप पर आरोप लगता है, कि आपने अपने दोस्त का ग़लत कार्यों में साथ दिया।”

“मैं दल-बदलू नहीं, जो उसका साथ छोड़ देता।”

“साथ तो न छोड़ते, मगर समझा तो सकते थे।”

“यह साथ छोड़ने का बहाना ही है; समझाने की आड़ लेकर ही, लोग साथ छोड़ते हैं।”

इतना कहकर कर्ण भीतर चले गए। सुधीर और रंजन आगे बढ़ चले।

***

अगला महल धृतराष्ट्र का था।सुधीर और रंजन वहाँ पहुँचते हैं।

धृतराष्ट्र पूछते हैं, 'कौन?'

"मैं पत्रकार सुधीर हूँ, कैमरामैन रंजन के साथ; हम कलयुग से आए हैं।"

"ज़रूर आपको कपटी कृष्ण ने भेजा होगा।"

"नहीं महाराज, हम तो कलयुग से हैं, आपसे कुछ प्रश्न पूछने हैं।"

"पूछिए, पूछिए... मुझसे तो सबने प्रश्न ही पूछे हैं।" - धृतराष्ट्र ने दुखी होकर कहा।

"महाराज, आपने युद्ध क्यों होने दिया?"

"मैं अंधा क्या कर सकता था?"

"आप महाराज थे।"

"महाराज? हाँ, महाराज तो था मैं, मगर नाम का; दरअसल मोहरा मात्र था मैं, वास्तविक राज तो भीष्म और विदुर चला रहा थे; सब मेरे पुत्र के विरुद्ध थे।"

सुधीर, गांधारी की तरफ रुख करता है, "महारानी, हम आपसे भी एक प्रश्न पूछना चाहते हैं।"

'पूछिए।'

"आपने आँखों पर पट्टी क्यों बाँधी?"

"क्या आपको दिखता नहीं, कि मेरे पति अंधे हैं।"

"वो तो ठीक है, मगर आप अपने पति की आँखें बन सकती थीं।"

"ये आपके कलयुग में होता होगा, कि पति अंधा हो, तो पत्नी

दूसरों से आँख मटक्का करे।''

''आप बात नहीं समझीं।''

''सब समझती हूँ मैं तुम पुरुषों की चालबाजियाँ; पट्टी बाँध ली तो आरोप, न बाँधती तो आरोप... आप यहाँ से चले जाएँ, हमें कोई उत्तर नहीं देना।''

सुधीर और रंजन वहाँ से प्रस्थान करते हैं।

***

अगला महल भीष्म का था। महल में भीष्म, द्रोण, विदुर गहन चिन्तन में डूबे मिलते हैं। सुधीर और रंजन भीतर पहुँचते हैं। भीष्म उनकी तरफ देखते हैं, मगर उसी तरह चिंतित मुद्रा में बैठे रहते हैं।

सुधीर उनसे पूछता है, ''आप बहुत गंभीर दिख रहे हैं।''

''समस्याएँ आदमी को गंभीर बना देती हैं वत्स।''

''हमें आपसे प्रश्न पूछना है।''

''पूछो; हमें न जाने किस-किस को उत्तर देना होगा।''

''आप युद्ध रोक सकते थे, मगर आपने मौन धारण किए रखा; ऐसा क्यों किया आपने?''

''मैं बँधा हुआ था; ये भी बँधे हुए थे।'' - उन्होंने द्रोण और विदुर की तरफ इशारा करते हुए उत्तर दिया।''

''कैसा बंधन?''

''प्रतिज्ञा का बंधन, व्रत का बंधन।''

''प्रतिज्ञा और व्रत को तोड़ा जा सकता है।''

''तुम क्या जानो इनका महत्त्व; निष्ठाएँ टूटनी नहीं चाहिएँ।''

''चाहे महाभारत हो जाए?''

इससे पहले कि भीष्म कोई उत्तर देते, अमित की नींद टूट गई। सुनिधि उसे झिंझोड़ रही थी। अमित, स्वर्गलोक से गिरकर बिस्तर पर आ पहुँचा था। उसने आँखें मलते हुए ख़ुद से कहा, ‘‘ये तो सपना था।’’

सुनिधि जल्दी तैयार होने का कहकर, किचन में चली जाती है। अमित को आज अपने बॉस से मिलना था। दरअसल, वह देर रात तक इस मीटिंग के बारे में ही सोचता रहा था। उसकी टीम को एक बड़ा प्रोजेक्ट सौंपा गया था, जिसमें वे असफल रहे थे। उनकी असफलता के कारणों को जानने के लिए बॉस ने उसे बुलाया था। अमित, रात को सोचते हुए सोया था, कि असफलता का ठीकरा किसके सिर फोड़ा जाए, बचाव के लिए किन बहानों का सहारा लिया जाए। उसका दिमाग़ अब भी तरह-तरह से सोच रहा था। महाभारत के पात्रों की तरह उसे लग रहा था, कि उसके पास भी कुछ हथियार और कवच हैं और वह बॉस को संतुष्ट कर लेगा... इसी विश्वास के साथ, वह उठकर बाथरूम की तरफ चल पड़ा।

8

चर्चाएँ

"रंगत देखी थी उसकी?" - रमेश ने अपने साथी सुरेंद्र से कहा। हम कई अध्यापक यहाँ इकट्ठे बैठे गप्पें हाँक रहे थे। हम में से कोई भी रमेश की बात को नहीं समझ पाया, कि उसने यह बात किसके लिए कही थी... लेकिन मामला रोचक लगा, इसलिए सभी उत्सुकतापूर्ण उनकी बात सुनने लगे।

"हाँ हाँ, कल दीपक भी मिला था मुझे।" - सुरेन्द्र ने उत्तर दिया।

"क्या कहा उसने?"

"कहना क्या था, वही बीते दिनों को याद कर उदास हो रहा था।"

"इसकी बात की होगी तूने?"

"की थी, तभी तो उसके ज़ख़्म हरे हो गए।"

"कैसे कट रहे हैं उसके दिन?"

"कैसे कटेंगे, तू तो जानता ही है उसे।"

"समझाना था उसको।"

“मैंने तो बहुत समझाया था, मगर वह मजनूँ की औलाद किसी की सुने भी तो।”

“शादी कर ली उसने?”

“कहाँ कर ली; अगर शादी ही कर लेता, तो गाड़ी पटरी पर आ ही जाती... लेकिन उसका तो कहना है कि प्यार एक बार होता है, एक से होता है।”

“उसे बताना था इसके बारे में।”

“सब बताया था।”

“फिर क्या बोला?”

“वही मजनुओं वाली बातें... कहने लगा, जो उसको अच्छा लगा, वो उसने किया; मैं तो वही करूँगा, जो मेरे ज़मीर को मंजूर होगा।”

हम सभी इस वार्तालाप से कुछ समझ नहीं पा रहे थे। आखिरकार मैंने पूछ ही लिया, “ किसकी बात कर रहे हो, हमें भी कुछ स्पष्ट करो।”

“सुमन की बात कर रहे हैं।” - रमेश ने व्यंग्य भरी मुस्कान बिखेरते हुए कहा।

‘सुमन’... एक सुंदर अध्यापिका। वे किसी अध्यापिका की ही कहानी छेड़ बैठे हैं, इसका अंदाज़ा हो गया था हमें। दरअसल ज़्यादा उत्सुकता का कारण भी यही था। हम यहाँ प्रशिक्षण शिविर के लिए एकत्र हुए थे। बीच में ब्रेक के समय इकट्ठे होकर रोज इधर-उधर की चर्चाएँ करते थे। इन चर्चाओं में गली-मुहल्ले की बातों से लेकर देश-दुनिया की बातें हुआ करती हैं। कभी-कभार किसी की बीती ज़िंदगी के राज़, किसी राज़दार द्वारा पूरी महफ़िल में पूरा मसाला लगाकर उधेड़े जाते थे। आज सुमन की बारी थी। सुमन में वे सारे गुण थे, जो किसी औरत को आकर्षण का बिंदु बनाते हैं। ऐसी सुंदर औरत की जवानी की

कोई कहानी न हो, ऐसा मुश्किल लगता था, लेकिन अनेक प्रशिक्षण शिविरों में उसके साथ रहने पर भी, उसके बारे में कभी कुछ ऐसा-वैसा नहीं सुना था। आज सबको मसालेदार कहानी की उम्मीद थी, इसी उत्सुकता के चलते एक साथी बोला, " पूरी कहानी बताओ, तो कुछ समझ आए।"

"कहानी क्या है, बस प्यार का चक्कर था इसका, हमारे दोस्त के साथ।" - सुरेंद्र ने बात स्पष्ट की।

"कब की बात है?"

"कुछ वर्ष पहले की, तब यह नई-नई अध्यापिका लगी थी हमारे गाँव में।"

"तू तो डाकिया था इनका।" - रमेश ने चुटकी ली।

"यार के लिए करना पड़ता है सब कुछ।" - सुरेन्द्र ने डींग हाँकी।

"फिर बात कैसे बिगड़ी?" - मैंने पूछा।

"बस, हमारे दोस्त की ही ग़लती समझो; वो कोई फैसला नहीं ले पाया। बेरोज़गार होने के कारण इसके माँ-बाप ने उसके साथ शादी करने से इंकार कर दिया। हमने उसे कोर्ट मैरिज करने की बात कही। सुमन भी तैयार थी, मगर वह हाँ-ना में समय व्यतीत करता रहा और इतने में इसकी शादी कहीं और पक्की कर दी गई... फिर इसने भी कोर्ट मैरिज से इंकार कर दिया।"

शादी की बात सुनकर, मुझे सुमन के पति का ध्यान आया। मेरी उससे कोई विशेष जान-पहचान तो नहीं थी, लेकिन वह भी शिक्षा विभाग में ही नौकरी करता था, इसलिए एक-दो बार मेल-मिलाप हुआ था। कल ही जब वह सुमन को छोड़ने आया था, तो दूर से हाय, हैलो हुई थी। देखने में वह शरीफ़ लगता है... सुमन के साथ उसकी जोड़ी भी जँचती है। "क्या उसे सुमन के, विवाह से पूर्व के प्रसंग का पता

होगा!'' - मेरे मन में सवाल उठा। शायद नहीं, अंतर्मन ने उत्तर दिया। ''अगर पता चल जाए तो?'' - नया सवाल उत्पन्न हुआ। मैं इससे पहले कुछ और सोचता, एक साथी अध्यापक के शब्द मुझे सुनाई दिए, ''बुरा भी क्या है इसमें; शादी के बाद तो वफ़ादार है ये अपने पति के प्रति।''

''शादी के बाद ये क्या करती है, ये तो मैं क्या जानूँ!'' - सुरेंद्र ने स्पष्टीकरण दिया।

दरअसल वह दूरवर्ती इलाक़े से, जिला मुख्यालय पर प्रशिक्षण लेने आया था, जबकि सुमन लोकल थी। हममें से कई अन्य लोकल थे, इसलिए सुमन के वर्तमान को हम बेहतर जानते थे और सभी ने एक सुर में सुमन को क्लीन चिट दे दी।

''सुमन को छोड़ो, इस कैम्प में तो ऐसी हस्तियाँ भी हैं, जो आजकल भी पूरे रंग में हैं।'' - एक दूसरे अध्यापक ने शब्दों को चबा-चबाकर कहा। हम सभी अब उसकी तरफ घूम गए।

''किसकी बात कर रहे हो?'' - हममें से दो-तीन अध्यापक एक सुर में बोले।

''गीतेश की गर्लफ्रेंड की।''

गीतेश...हमारे महकमे का लेडी किल्लर। किस-किस अध्यापिका का नाम उसके साथ जुड़ चुका है, इसकी फ़ेहरिस्त बड़ी लम्बी है। वह एक तेज़-तर्रार आदमी है। उसे अध्यापक कहना उचित नहीं लगता, क्योंकि वह अध्यापक कम, नेता अधिक है। अध्यापकों पर उसकी पूरी पकड़ है। हर दल के नेता के साथ उसके अच्छे संपर्क हैं। जहाँ तक अधिकारियों की बात है, वह अधिकारियों और अध्यापकों के बीच सेतु का काम करता है। उसके बारे में ये चर्चाएँ आम हैं, कि वह अधिकारियों और नेताओं को ज़िंदा गोश्त उपलब्ध करवाता है। इन चर्चाओं में कितना सच है, कितना झूठ, कुछ कहा नहीं जा सकता, लेकिन इतना ज़रूर है, कि वह चर्चित बहुत है... सिर्फ

चर्चित; बदनाम नहीं।

“नाम बताओ उसका; गीतेश की कोई एक गर्लफ्रेंड है!” - पीछे से एक अध्यापक ने कहा।

“वही तेरे स्कूल वाली मोनिका।” - उसने बड़े चटखारे लेकर उसका नाम लिया।

“अच्छा... उसकी बात है!” - पहले अध्यापक की बात पर, एक तरह से स्वीकृति की मोहर लगाते हुए मोनिका के स्टाफ मेम्बर ने कहा।

“हमें भी पूरी बात बताओ।” - मैंने उत्सुकतापूर्वक कहा।

“बात बस यही है, कि गीतेश की सूची में आजकल मोनिका का नाम जुड़ चुका है।”

“कोई पक्का सबूत भी है या कोरी अफ़वाह है?”

“सबूत तो यही है, कि यह आजकल गीतेश के साथ घूमती-फिरती है; सुनने में तो ये भी आया है, कि गीतेश के माध्यम से यह ऊपर तक की उड़ान भर आई है, इसलिए अपने स्कूल के स्टाफ को जूती की नोक पर रखती है।” - यह कहते हुए वह मोनिका के स्टाफ मेम्बर की तरफ घूमा, “क्यों, ऐसा नहीं है क्या?”

“हाँ, स्कूल वाली बात तो आपकी ठीक है।” - उसने एक बार फिर सहमति की मोहर लगा दी।

“भैया, प्यार चीज़ ही ऐसी है; यह न उम्र देखता है, न कोई बंधन, दिल कब किसी पर आ जाए, इसका पता नहीं चलता।” - एक उम्रदराज़ अध्यापक ने व्यंग्य भरे लहजे में कहा।

“गुरूजी प्यार को क्यों बदनाम करते हो; ये तो शरीरों का बेहया खेल हुआ।” - एक नवयुवक अध्यापक ने अपनी टिप्पणी दी।

“गीतेश के मामले में तो आपकी बात सही है, लेकिन सुमन का

मामला तो प्रेम का ही हुआ।'' - एक अध्यापक ने आज के दोनों मुद्दों को एक धरातल पर लाते हुए कहा।

''सही कहते हो... प्रेम भी तभी अच्छा होता है, जब उसकी उम्र हो, अन्यथा तो यह शरीरों का बेशर्म खेल ही है।''

''चलो कोई कुछ भी करे, हमें क्या लेना।'' - एक बुजुर्ग अध्यापक ने कहा।

''कहते तो आप ठीक हो गुरूजी, मगर हम जो भी कुछ करते हैं उसके चर्चे तो समाज में होते ही हैं।'' - नवयुवक अध्यापक ने कहा।

''औरतों के तो ख़ासकर।'' - रमेश ने आँख दबाते हुए कहा।

''होते तो सबके हैं; बस फ़र्क़ इतना है, कि ये औरतों को बदनाम करने के लिए होते हैं और मर्दों को महिमामंडित करने के लिए। औरत के दामन पर लगे जिस दाग़ को उसकी बदनामी माना जाता है, उसी दाग़ को पुरुष की बहादुरी।''

''वाह रे समाज...'' - मैंने कहा।

''जब मर्द-औरत एक-साथ काम करेंगे तो सच्चे-झूठे क़िस्से बनते ही रहेंगे; कुछ हमें सँभलना होगा और कुछ इन क़िस्सों से बेपरवाह होना होगा।'' - बुजुर्ग अध्यापक ने अपने अनुभव से निष्कर्ष सुनाया।

इस बातचीत को अभी और लम्बा चलना था... अभी किसी और का पर्दाफ़ाश होना था; लेकिन ब्रेक समाप्ति की सूचना हमें दी जा चुकी थी। हम सामाजिक संबंधों की कहानी को छोड़कर, अध्यापन विधियों का ज्ञान हासिल करने के लिए उठ खड़े हुए।

9

इज़हार

"हैलो निखिल...किस सोच में डूबे हो?" - इंदु ने निखिल को चुपचाप बैठे देखकर पूछा। रुचि और सुरेश भी उसके पीछे-पीछे पहुँच गए।

"कुछ खास नहीं, बस यूँ ही बैठा था।" - निखिल ने उन तीनों को पास पड़े डेस्क पर बैठने का इशारा करते हुए कहा।

फरवरी का अंतिम सप्ताह चल रहा था। सुबह-सुबह मौसम में थोड़ी ठंडक थी... ऐसे में सुबह की गुनगुनी धूप में बैठना आनन्ददायक था। निखिल भी कॉलेज की कक्षा शुरू होने से पहले इसी धूप का आनन्द ले रहा था। इंदु, रुचि, सुरेश और निखिल, चारों अच्छे दोस्त थे। सुरेश और निखिल तो शुरू से सहपाठी थे, जबकि इंदु और रुचि से उनकी दोस्ती कॉलेज आकर हुई थी। इंदु और रुचि भी बचपन की सखियाँ थीं। इनकी दोस्ती का कारण सुरेश और इंदु दोनों का कॉमर्स का विद्यार्थी होना था। दोनों धीरे-धीरे दोस्त बने और पिछले वेलेंटाइन पर उनकी दोस्ती, प्यार में बदल गई। दोनों चाहते थे, कि इस वेलेंटाइन पर निखिल और रुचि भी एक-दूसरे को चुन लें, ताकि उनकी दोस्ती कॉलेज के बाद भी बरकरार रहे। लेकिन उनमें से कोई भी आगे नहीं बढ़ रहा था, हालाँकि वे बहुत अच्छे दोस्त थे। दोनों की चुप्पी के कारण कुछ ही दिन पहले इस कॉलेज में उनका अंतिम

वेलेंटाइन भी निकल चुका था। संभवतः अगले वर्ष उनकी राहें जुदा हों, क्योंकि निखिल आर्ट्स का विद्यार्थी था, तो रुचि विज्ञान की और अगले वर्ष स्नातकोत्तर में उन्हें कहाँ दाखिला मिलेगा, यह निश्चित नहीं था।

चारों दोस्तों में निखिल गंभीर प्रवृत्ति का था, जबकि शेष तीनों चुलबुले और सदा हँसी-मज़ाक़ में व्यस्त रहने वाले थे। ऐसा नहीं कि निखिल बिल्कुल भी मज़ाक़ नहीं करता था, या मज़ाक़ सहता नहीं था; लेकिन अपने साथियों की तुलना में थोड़ा गंभीर था। आर्ट्स का विद्यार्थी होते हुए भी कॉलेज में उसका समय क्लास रूम में या लाइब्रेरी में ही बीतता था। हाँ, सर्दियों में सुबह-सुबह कैंटीन के बाहर धूप सेंकने के लिए बैठने की फुर्सत वह अवश्य निकाल लेता था, अन्यथा कॉलेज कैम्पस में इधर-उधर घूमना उसे उचित नहीं लगता था। लड़कियों से बात करने को लेकर वह विशेष रूप से संकोची था। अगर वह सुरेश का दोस्त न होता, तो शायद ही उसकी किसी लड़की से दोस्ती होती। इंदु से मिली जानकारी के आधार पर सुरेश, निखिल को रुचि के संबन्ध में आगे बढ़ने के लिए उकसाता था, लेकिन निखिल अपने संकोची स्वभाव की केंचुली उतार पाने में ख़ुद को असफल पाता। दरअसल वह नहीं चाहता था, कि प्रणय-निवेदन करके वह एक दोस्त खो दे। रुचि, निखिल के प्रति आकर्षित तो थी, लेकिन उसके गंभीर स्वभाव को देखकर एक सीमा से आगे नहीं बढ़ पाती थी। निखिल के मन की थाह उसे इंदु-सुरेश से भी नहीं मिल पा रही थी।

चारों दोस्त आज कैंटीन पर बैठे चाय की चुस्कियों के साथ धूप का आनंद ले रहे थे, कि पीरियड लग गया। इंदु और सुरेश ने जल्दी-जल्दी चाय ख़त्म की और किताबें उठाकर चल दिए। निखिल का यह पीरियड फ्री होता है। वह अक्सर कुछ देर बैठकर लाइब्रेरी चला जाता है। रुचि ने भी आज यहीं रुकने का मन बनाया। रुचि को न उठते देखकर निखिल ने पूछा,' तुम्हें आज क्लास नहीं लगानी क्या?'

"नहीं...मेरा आज मूड नहीं क्लास लगाने का।"

“क्या हुआ तुम्हारे मूड को?’- निखिल ने पूछा।

“कुछ नहीं, बस वैसे ही दिल किया, धूप में बैठकर तुम्हारे साथ गप्पें मारने का।”

“दिल की बातें मानना सदा ठीक नहीं रहता।” - निखिल ने गंभीर होते हुए कहा।

“रहे, न रहे, लेकिन हर कोई तुम-सा नहीं हो सकता।”

“क्या मतलब है तुम्हारा?’

“ज़्यादा कुछ नहीं, बस इतना ही, कि तुम्हें शायद भगवान ने दिल नहीं दिया।” - रुचि ने व्यंग्य बाण छोड़ा।

“दिल तो दिया है, लेकिन फ़िल्मी दिल नहीं दिया।”

‘मतलब?’

“मतलब यही, कि हर लड़की को देखकर सीने से उछलकर हाथ में आने वाला दिल नहीं दिया।”

“अच्छा, तो कैसा दिल दिया है जनाब को भगवान ने?’- रुचि ने उत्सुकता से पूछा।

“बस साधारण-सा दिल, जो धड़कता है; जिसे दूसरों का दर्द अनुभव होता है, जो औरों की ख़ुशी से खुश हो सकता है।”

‘सचमुच!’ - रुचि ने शरारती लहजे में कहा।

“क्यों, यकीन नहीं?”

“कैसे हो; हमें कौन-सा तुमने अपने दिल में झाँकने का मौक़ा दिया है।”- रुचि ने हौसला करके अपनी बात पर विशेष जोर देते हुए कहा। यह पहला मौक़ा था, जब निखिल के सामने ऐसी बात कहने का कारण मौजूद था।

“दिल कोई कमरा तो नहीं, जिसमें दरवाज़े-खिड़कियाँ खोलकर

अंदर झाँका जाता है।'' - निखिल ने धड़कते दिल को नियंत्रित करते हुए कहा।

''तो कैसे झाँका जाता है?'- रुचि ने उत्साहित होते हुए पूछा।

''हम जिसके क़रीब होते हैं, उनके दिल को भी जान लेते हैं।'' - निखिल ने अपनी असहजता को छुपाते हुए कहा।

''कुछ लोग तुम जैसे भी होते हैं, जिन्हें जानना बहुत मुश्किल होता है।''- रुचि ने फिर व्यंग्य-बाण छोड़ा।

''हो सकता है मुश्किल हो, मगर असंभव तो नहीं।'' - निखिल ने गंभीर होकर कहा।

''चलो, हम कोशिश करते रहेंगे, शायद कुछ पल्ले पड़ जाय।'' - रुचि ने निखिल की आँखों में झाँकते हुए कहा।

''अब तो दो-तीन महीने बचे हैं, अगले साल न जाने कहाँ होंगे।''

''तो क्या दोस्ती की डोर यहीं टूट जाएगी?'- रुचि ने उदास होते हुए पूछा।

''कुछ कहा नहीं जा सकता।'

''क्यों...क्या मैं इस क़ाबिल भी नहीं, कि तुम्हारी दोस्त बनी रह सकूँ?''- रुचि ने निराश होते हुए कहा। उसका सारा जोश ठंडा पड़ गया।

''नहीं रुचि, तुम ग़लत समझ रही हो; मेरे कहने का मतलब है, कि ज़िन्दगी की व्यस्तताओं के बीच क्या पता हम आगे कहाँ होंगे... जब भविष्य की तस्वीर स्पष्ट नहीं, तो कैसे कहें कि हम इसी प्रकार दोस्त बने रहेंगे।''

''हाँ, ये तो है। इंदु सचमुच क़िस्मत वाली है; उसका दोस्त ही उसका प्यार है... कम-से-कम वे दोनों तो उम्र भर के साथी हैं।''

"तुम्हें भी मिल जाएगा कोई साथी, क्यों इतना बेक़रार हो रही हो।" - निखिल ने दोनों के बीच पसरती जा रही गंभीरता को कम करने के लिए चुटकी ली।

"हम्म...पर वो दोस्त भी बन पाएगा या नहीं, ये तो नहीं कहा जा सकता।"

"तो इन तीन सालों में कोई ऐसा दोस्त बनाना चाहिए था, जिससे प्यार भी किया जा सके।" - निखिल ने यूँ ही बिना सोचे-समझे बात कह दी, हालाँकि बात कहने के बाद वह कुछ असहज महसूस कर रहा था।

"यही तो बदक़िस्मती रही मेरी; मैंने दोस्त भी बनाया तो तुम-सा।" - भीतर, गहरी जिज्ञासा लिए हुए, बाहर से बनावटी मुस्कान के साथ, उसने वो बात कह दी, जो वह कहना चाहकर भी, कभी कह नहीं पाई थी। आज भी वह यह कह पाएगी, उसे इसकी आशा नहीं थी। हालाँकि वह मौक़े की तलाश में थी और कॉलेज छोड़ने से पहले निखिल से पूछना ज़रूर चाहती थी, कि क्या उनके बीच भी प्यार का पवित्र रिश्ता पनप सकता है या नहीं। जैसे-जैसे दिन बीतते जा रहे थे, उसकी बेचैनी बढ़ रही थी। आज उसने अपनी क्लास भी जानबूझकर ही छोड़ी थी। दोस्ती के खो जाने की निराशाजनक बात सुनने के बाद उसे लगा, कि अब आर-पार की बात हो जानी चाहिए थी, भले ही उसे नहीं पता था, कि कौन-सी बात उसे कैसे कहनी है।

"क्या मैं इतना बुरा हूँ?' - निखिल ने भी हिम्मत करके बात को आगे बढ़ा दिया।

'शायद...'- रुचि ने कहा, जबकि वह कहना तो चाहती थी, कि नहीं, तुम बहुत अच्छे हो और तुम्हारे प्रति उसके दिल में ऐसा भावना रूपी बीज है, जो अंकुरित होकर प्यार के वृक्ष में बदल सकता है, ज़रूरत तो बस उसे तुम्हारी स्वीकृति की है।

"क्यों, क्या बुराई है मुझमें?" - निखिल ने सहज होते हुए

कहा।

“खुद ही सोचो...” - रुचि ने शरारती लहजे में कहा।

“ख़ुद की नजर में तो ठीक ही हूँ; अच्छा बनने का प्रयास भी रहता है... पर तुम्हें बुरा लगता हूँ तो कोई कारण तो होगा ही।” - निखिल ने गंभीर होते हुए कहा।

“कभी किसी लड़की की तारीफ की है?’ - ये शब्द कहकर रुचि ने अपनी निगाहें निखिल के चेहरे पर टिका दी।

“इससे क्या होता है?’

“यही तो मूलमंत्र है प्यार का।”

“अच्छा...तो लड़कियाँ तारीफ़ की भूखी होती हैं।” - निखिल ने ऐसे कहा, जैसे वो इस तथ्य से बिल्कुल अनजान हो।

“कुछ भी समझो, मगर प्यार करना है, तो यह ज़रूरी शर्त है।” - रुचि ने दार्शनिक अंदाज़ में कहा।

“फिर तो प्यार बड़ा खोखला हुआ।”

‘कैसे?’

“तारीफ़ तो सुंदरता की होती है और सुंदरता कभी स्थायी नहीं होती। जब सुंदरता स्थायी नहीं, तो तारीफ़ स्थायी कैसे होगी और जो प्यार, तारीफ़ की नींव पर खड़ा हो, वो तारीफ़ के अभाव में क्या बिखर नहीं जाएगा?’ - दार्शनिकता बघारने की बारी अब निखिल की थी।

“क्या तुम्हारी नज़र में तारीफ़ की कोई अहमियत नहीं?’ - रुचि ने नया सवाल दागा।

“अहमियत है, मगर काम के मामले में। अच्छे काम की तारीफ होनी ही चाहिए, लेकिन यहाँ तक सुंदर चेहरे की तारीफ़ की बात है, मुझे नहीं लगता, कि सुंदर चेहरों को इसकी ज़रूरत है। जो सुंदर है, वह सुंदर है; चाहे कोई तारीफ़ करे, न करे। चाँद को कोई सुंदर कहता

है या नहीं, इसकी परवाह चाँद को कब है।''

''उफ़्फ... तुमने तो बात का बतंगड़ बना दिया।''

''नहीं, मैंने तो बस वही कहा, जो मैं सोचता हूँ; अब तुम्हें गलत लगता है तो तुम जानो।'' - निखिल ने पल्ला झाड़ते हुए कहा।

''नहीं, मैं तुम्हें ग़लत नहीं कह रही; मैं तो बस तुम्हें प्यार करने का तरीक़ा बता रही थी।''- रुचि ने बात को सँभालते हुए कहा।

''इस मेहरबानी के लिए शुक्रिया; पर माफ करना, मैं इस तरीक़े को आज़मा नहीं पाऊँगा।''

'पछताओगे...'

'कैसे?'

''कोई प्यार नहीं करेगा तुम्हें।''

''झूठी तारीफ़ से प्यार हासिल किया तो क्या किया... प्यार दिल से होना चाहिए; दिल में होना चाहिए।''

''तुम्हारे दिल में है प्यार?''- रुचि ने फिर सवाल किया।

''तुम्हें मेरी इतनी फ़िक्र क्यों हो रही है आज?' - निखिल ने भी प्रत्युत्तर में सवाल किया।

''दोस्त हूँ तुम्हारी... और...''- रुचि ने बात को जानबूझकर अधूरा छोड़ दिया। उसकी निगाहें अब निखिल पर टिक गयीं।

''और क्या?'' - निखिल ने अनजान बनते हुए कहा।

''ख़ुद समझने की कोशिश करना, मैं जवाब का इंतजार करूँगी।''- रुचि ने आख़िरी बात कह दी। उसे लगा, वह इससे अधिक स्पष्ट रूप से कुछ नहीं कह सकती, इसलिए किताबें समेटकर वह उठ खड़ी हुई।

''रुको रुचि ! - निखिल ने रुचि का हाथ पकड़कर रोकते हुए

कहा, कैसा जवाब?''

''अपने दिल से पूछो।'' - रुचि ने निखिल की आँखों में आँखें डालते हुए कहा।

''तुम भी तो अपने दिल से पूछो, कि क्या जवाब की ज़रूरत है?' - निखिल ने संकोच की केंचुली को किसी तरह से उतारते हुए कहा।

''शायद नहीं।'' - रुचि कुछ आशान्वित और कुछ आशंकित होते हुए बोली।

''शायद का अर्थ?'

''यही, कि जब तक जवाब आपके मुँह से सुन न लूँ, तब तक तसल्ली नहीं होगी।''

''मैं तुम से आप कैसे हो गया रुचि?' - निखिल ने मुस्कराते हुए पूछा।

''दिल ने मजबूर किया, तो कहा, अब फैसला आपका है।''

''रुचि, तुम इस दर्जा पागल होओगी, सोचा न था।'' - निखिल ने खड़े होकर, रुचि के हाथ को अपने हाथों में दबाते हुए कहा।

''क्या प्यार पागलपन नहीं है निखिल।''

''है...बड़ा प्यारा पागलपन... और ख़ुदा करे यह पागलपन सब करें।'' - निखिल ने रुचि के गालों को प्यार से थपथपाते हुए कहा।

रुचि की आँखें आँसुओं से लबालब थीं। शब्द होंठों पर आ ही नहीं रहे थे। आते भी कैसे... प्यार निःशब्द होता है; शब्द तो छोटे पड़ जाते हैं प्यार का इज़हार करने में।

10

रोज़गार

"वीर जी, आपने ये अच्छा नहीं किया।" - सुखचैन ने अपने सीनियर वकील से कहा।

"क्या अच्छा नहीं किया छोटू?" - जसवीर ने फाइल को देखते हुए कहा।

जसवीर, सुखचैन को प्यार से छोटू कहता था। उम्र में कोई बीस साल का अंतर तो होगा ही। जसवीर कई वर्षों से वकालत कर रहा था, जबकि सुखचैन वकालत की पढ़ाई पूरी करने के बाद, कुछ समय पहले ही जसवीर के पास आया था। वह उसका दूर का रिश्तेदार था।

"यही, जो इस्तिग़ासा करवाया है आपने।"

"इसमें बुरा क्या लगा तुझे?"

"सफ़ेद झूठ है ये तो; किसी शरीफ़ आदमी को बदनाम करना अच्छी बात तो नहीं।"

"तभी तो मैं तुझे छोटू कहता हूँ। तू पढ़-लिख तो गया है, लेकिन अभी तक पका नहीं है। इस मंदी में बड़ी मुश्किल से तो ग्राहक आया था और तू ले बैठा सच-झूठ को। कौन सच्चा है यहाँ? झूठ कहाँ नहीं है? हर जगह झूठ ने पाँव पसार रखे हैं और फिर घोड़ा अगर घास से

दोस्ती करेगा, तो वह खायेगा क्या?'' - जसवीर ने अपनी मूँछों को ताव देते हुए दार्शनिक अंदाज़ में कहा।

''पर फिर भी थोड़ा-बहुत सच तो हो... धुआँ उठ सके, इतनी आग तो होनी चाहिए; दिन को रात कह देना तो ठीक नहीं हुआ न।'' - सुखचैन ने भी उसी अंदाज़ में जवाब दिया।

''बड़ा समझदार हो गया छोटू तू तो; पर तुझे ये भी पता है या नहीं, कि किसी की भलाई के लिए बोला गया झूठ, झूठ नहीं होता।''

''इसमें किसकी भलाई है हमें छोड़कर?'' - सुखचैन ने सवाल किया।

''हमारी तो है न, हमें औरों से क्या लेना।'' - जसवीर ने जोर का ठहाका लगाते हुए कहा। फिर वे गंभीर होते हुए बोले, ''तू सच में ही, अभी छोटू है; तुझे क्या पता, कि मेंढक किस वक्त पानी पीते हैं। अरे भलेमानस! इस इस्तिग़ासे से सबका भला होगा।''

''तो मुझे भी समझाओ, ताकि मैं भी जान पाऊँ कि आपने कितनी गहरी बात सोची है... मुझे भी अक्ल आए, मेरा भी उद्धार करो गुरुवर।'' - सुखचैन ने गंभीर होते हुए कहा।

''तो सुन...पहला फायदा तो हमें होगा, कि हमें एक ग्राहक मिल गया; दूसरा फायदा होगा पुलिस को... वे भी आपने भाई हैं, बड़े केस दिलवाते हैं हमें। उन्होंने जब मैनेजर पर रोब झाड़ा, तो मैनेजर झट से नोटों की गड्डी उनकी जेब में डाल देगा।''

''उस औरत को क्या लाभ होगा इससे? वो तो बिना मतलब ही केस का ख़र्च भुगतेगी।'' - सुखचैन ने धैर्य खोते हुए कहा।

''थोड़ा धैर्य तो रख; पहले पूरी बात सुननी चाहिए, फिर प्रतिक्रिया देनी चाहिए, इसे अपना उसूल बना ले।'' - जसवीर ने सुखचैन को सीख देते हुए कहा और कुछ सोचते हुए बोला, ''क्या नाम था उसका? हाँ, रेखा। रेखा का भी फ़ायदा होगा। रेखा का

फ़ायदा सोचकर ही तो इस्तिग़ासा करवाया है उससे। हम ज़िंदा आदमी का गोश्त खाने वाले लोग तो नहीं हैं; किसी से दो पैसे कमाएँगे, तो उसका भी चार पैसे का फ़ायदा करवाएँगे। तुझे लगता है, कि पुलिस, मैनेजर से पैसे लेकर चुप हो जाएगी! ऐसे चुप होने से कैसे काम चलेगा। पैसे लेने का मतलब, तो बस इतना है, कि पुलिस, मैनेजर को तंग नहीं करेगी। मैनेजर को अपने ऊपर लगे इल्ज़ाम को तो हटवाना पड़ेगा न और इल्ज़ाम हटेगा समझौते से... और समझौता रेखा तब करेगी, जब मैनेजर साहब उसका लोन पास कर देंगे; यही रेखा चाहती है, तो हो गया न रेखा का फ़ायदा।''

''पर लोन कैसे पास होगा? आपने ख़ुद भी देखी है उसकी फ़ाइल; वह शर्तें पूरी नहीं करती थी, इसीलिए उसका लोन पास नहीं किया था मैनेजर ने।''

''न होने वाले काम कौन-से होते नहीं; सब कुछ होता है इस देश में। न होने वाले काम का मतलब होता है, कि वो काम नियम के दायरे में रहकर नहीं किया जा सकता। वह लोन भी पास नहीं हो सकता, तो नियमों के चलते। लेकिन जेब गर्म होते ही, किसी नेता का फोन आते ही, ऐसे लोन बड़े आराम से पास होते हैं। सारी फार्मेलिटीज मैनेजर ख़ुद पूरी करते हैं तब। रेखा के मामले में, मैनेजर रिश्वत ले लेता, तो बात न बिगड़ती... लेकिन वह ईमानदार बनने के चक्कर में होगा। अब इस्तिग़ासा वही काम करेगा, जो रिश्वत या सिफारिश को करना था। अपनी इज़्ज़त बचाने के लिए लोन पास करवाने की सारी युक्तियाँ मैनेजर खुद बताएगा रेखा को।''

सुखचैन पूछना चाहता था, कि मैनेजर को किस क़सूर की सज़ा मिलेगी? पर इतने में एक बूढ़ा आदमी, जिसकी उम्र कोई 70 साल के लगभग होगी; लाठी का सहारा लिए, अपनी पत्नी के साथ वकील साहब के चेम्बर में दाखिल हुआ। वकील साहब उनकी समस्या सुनने लगे, तो सुखचैन रेखा के बारे में सोचने लगा। रेखा, चालीस वर्ष के लगभग काले रंग की, छोटे से क़द की मोटी-सी औरत थी। उसके

ऊपर के दाँत, होंठों की सीमा का अतिक्रमण करते हुए बाहर निकले हुए थे, जो कभी-कभार दातुन किये जाने के कारण पीलापन लिए हुए थे। उसके नैन-नक्श में कहीं भी कोई आकर्षण नहीं था। कोई मर्द, उसके सिर्फ औरत होने के कारण, उससे हमबिस्तर होना चाहे तो और बात है, अन्यथा उसमें ऐसा कुछ भी नहीं था, कि कोई सभ्य मर्द उसे देखकर डाँवाडोल हो जाए। किसी ने उससे हमबिस्तर होने की माँग रखी है, यह सोचकर ही हँसी आती थी। पर जसवीर ने इस्तिग़ासे में यही कहानी गढ़ी थी। दरअसल, रेखा आज वकील साहब के पास आई थी। उसने कहा था, कि मैनेजर उसका लोन पास नहीं कर रहा, इसलिए उस पर केस करना है। वकील साहब ने फ़ाइल को पढ़ा और पाया कि लोन पास नहीं हो सकता। रेखा कहने लगी, फिर तू वकील किस बात का है। वकील साहब ने कहा, कि मैंने तो तुझे असली बात बताई है। लोन पास हो सकता है, मगर लोन पास करवाने के लिए उँगली को टेढ़ा करना होगा... अगर तू राजी हो, तो मैं इलाज कर सकता हूँ। रेखा ने इलाज पूछा, तो वकील साहब ने कहा, कि इसके लिए मैनेजर पर आरोप लगाना होगा। वो ये आरोप लगाए, कि लोन पास करने के लिए मैनेजर ने रात को उसे अपने घर बुलाया था। रेखा इस बात पर झिझकी थी। कहने लगी, बेचारा शरीफ़ लगता है; 50 साल से ऊपर उम्र होगी, कौन यक़ीन करेगा? फिर मैं...

वकील साहिब ने टोका था। कहने लगे, यक़ीन की चिंता छोड़, वो दिलवाना मेरा काम; तू बस इतना बता दे, कि इस्तिग़ासा करना है या नहीं। अपनी इ़ज़्ज़त को लेकर वह फिर सोच में पड़ गई। वकील साहब ने उसे हौसला दिया- "तू चिंता न कर; कोई ढिंढोरा तो पीटना नहीं, किसी को कानों-कान खबर नहीं होने देंगे... पुलिस जब दबिश देगी तो मैनेजर ख़ुद क़दमों में आ गिरेगा; लोन पास करवाने की शर्त पर हमें समझौता कर लेना है। केस पर बमुश्किल उतना ख़र्च आएगा, जितना चाय-पानी के नाम पर मैनेजर को ले लेना था।

आख़िर में रेखा मान गई। इस्तिग़ासे कर दिया गया। इस्तिगासे में आरोप लगाया गया, कि मैनेजर ने उसे अनेक चक्कर लगवाए...

कभी इस बहाने, तो कभी उस बहाने, वह उसे अपने कैबिन में बुला लेता था। उसकी नीयत में शुरू से ही खोट था, मगर वह चुप थी। आज तो उसने हद ही कर दी- कहने लगा, आज रात उसके बीवी-बच्चे घर पर नहीं हैं, यदि लोन पास करवाना है, तो रात को आ जाना... इसे आखिरी मौक़ा समझना, नहीं तो, फिर मत कहना कि मैंने तुझे लोन पास करवाने का मौक़ा नहीं दिया। इस इस्तिग़ासे का फ़ायदा वकील साहब को था, पुलिस को था, रेखा को था, मगर बेचारा मैनेजर किस गुनाह की सज़ा भुगतेगा, यह सुखचैन को समझ नहीं आ रहा था। मैनेजर के बारे में सोच-सोचकर वह परेशान हो रहा था। उसे लग रहा था, कि मैनेजर ईमानदारी की सज़ा भुगतेगा। यदि वह रिश्वत लेकर लोन पास कर देता, तो बक़ौल वकील साहब, उसका कुछ नहीं बिगड़ना था। वकील साहब के अनुसार तो वह अब भी लोन पास करेगा। सुखचैन सोच रहा था, कि शायद इसी कारण हमारे देश में रिश्वत आम है, क्योंकि यहाँ ईमानदारी के साथ काम करना बड़ा मुश्किल है।

सुखचैन इन्हीं ख़यालों में खोया हुआ था, कि चाय वाले लड़के ने चाय का कप पकड़ाते हुए उसे ख़यालों के भँवर से बाहर निकाला। वकील साहब बुजुर्ग औरत से कह रहे थे, "तेरी बहू कैसे न करेगी तेरी सेवा... वह और तेरा बेटा, तेरे क़दमों में न आ गिरे, तो मुझे एडवोकेट सिद्धू किसने कहा; बस तुझे सख़्त रहना होगा... यह न हो, कि नोटिस मिलते ही वह ख़ुशामद करने लगे और तू मोम की तरह पिघल जाए।"

चाय का कप बुजुर्ग की तरफ बढ़ाते हुए वकील साहब बोले, "दो बेटियाँ बताई हैं न आपने; लो अभी कर देते हैं इलाज... जब ज़मीन हाथ से निकलती दिखी तो दौड़े आएँगे सब।"

"यह तो ठीक है, पर..." - आदमी ने कुछ सोचते हुए कहा।

"पर क्या बाबा जी?"

"पर हमें एक बार सोच लेना चाहिए।" - आदमी अपनी पत्नी

से मुख़ातिब होते हुए बोला।

"सोच लो बाबा जी; पर आपको इतना बता देता हूँ कि कुत्ते की पूँछ कभी सीधी नहीं होती।"

"ठीक कहा बेटा।" - माता जी बोल उठीं। वह अपने पति को झिड़कते हुए बोलीं, कि "आप तो यूँ ही बेटों का पक्ष लेते हो; तभी तो उन्होंने हमारा ये हाल कर रखा है... इस बार मैं तसल्ली करवाकर छोड़ूँगी। बाक़ी इस बेचारे ने अपने फ़ायदे की बात की है, वरना इसको क्या पड़ी है।"

देखते-ही-देखते, वकील साहब ने एक और केस अपनी जेब में रख लिया था। वे चले गए तो सुखचैन ने कहा, "वीर जी, फँसा ली मछली जाल में!"

"ऐसा नहीं कहते छोटू; रोज़गार है अपना... यदि ये लोग लड़ेंगे नहीं, तो हमारा रोज़गार कैसे चलेगा; इनके लड़ने में ही हमारी भलाई है।"

"पर मैं उस मैनेजर..."

"ओये गोली मार उसको, यूँ ही दिल पर नहीं लगाते; दिमाग़ से सोचा कर। यदि अपनी सूई, यूँ ही किसी एक पर अटकी रही, तो हो गई कमाई, कर ली वकालत... तू आज वाले केस की फ़ाइल निकाल, अभी तारीख है उसकी।"

"कौन-सी वीर जी?"

"वही, जो दहेज़ का केस करवाया था हमने। अपनी मुवक्किल आई नहीं आज; अगली तारीख लेनी है, जल्दी कर, जज बहुत सख्त है... यदि लेट हो गए तो सुननी पड़ेगी। पता नहीं लोग जज बनकर भगवान क्यों बन जाते हैं।" - ये कहते हुए जसवीर ख़ुद उठा और सुखचैन के कंधे पर हाथ रखकर बोला, "तू हट, मैं ख़ुद देखता हूँ।"

जसवीर फ़ाइल ढूँढ़ने लगा। सुखचैन दूसरी तरफ हटकर खड़ा

हो गया। जसवीर फाइलों में खोया हुआ था, तो सुखचैन अपने रोज़गार के उसूलों के भँवर में।

11

गर्लफ्रेंड जैसी कोई चीज़

"घर कब चलना है?" - मैंने विकास के कमरे में प्रवेश करते हुए कहा। विकास के कमरे में विकास के अतिरिक्त हैरी, राजेश और नवीन भी बैठे हुए थे। विकास और मैं तो यहाँ हॉस्टल में ही रहते हैं, जबक़ि बाकी तीनों कल हमारे साथ ही यहाँ आए थे। वे सभी बी.एड. की प्रतीक्षा सूची के बारे में जानकारी लेने आए थे, जबकि हमारा दाख़िला पहले ही हो चुका था, इसलिए हम पढ़ाई करने के लिए आए थे। यहाँ आते ही पता चला, कि प्राध्यापकों की अनिश्चितकालीन हड़ताल है, इसलिए हमने घर वापस जाने का मन बनाया था। उन तीनों का नाम भी प्रतीक्षा सूची में नहीं था, अतः वे भी हमारे साथ ही वापस जा रहे थे। किस समय यहाँ से चलना है, मैं यही पूछने आया था। मेरे प्रश्न के जवाब में विकास ने उत्तर दिया - "रात की गाड़ी से चलेंगे।"

यह जवाब सुनकर, मैं भी उनके पास ही बैठ गया। मैंने कहा - "अभी बस पर चल पड़ते, तो शाम तक घर पहुँच जाते।"

विकास ने मुझसे असहमति जताते हुए कहा, "बस का सफ़र भी कोई सफ़र है! रेलगाड़ी के सफ़र का क्या मुक़ाबला करेगा बस का सफ़र।"

"हाँ, ये तो है।" - मैं यह कहकर वहाँ से वापस आ गया। मैं

जानता था कि विकास ने यह क्यों कहा है कि, 'रेलगाड़ी के सफ़र का क्या मुक़ाबला करेगा बस का सफ़र।', वैसे यह तो निस्संदेह सच है, कि रेलगाड़ी का सफ़र बस के सफ़र से अधिक आरामदेह होता है... लेकिन यहाँ बात और थी। आते वक्त भी हम पाँचों इकट्ठे ट्रेन पर आए थे। इससे पहले भी जब हम घर गए थे, तब हम दोनों ट्रेन पर ही घर गए थे और तभी मुझे पता चला था, कि विकास ट्रेन को बस से क्यों अधिक महत्त्व देता है। उस दिन की घटना में ग़लती सिर्फ विकास की हो, ऐसा भी नहीं है; दरअसल गुनहगार तो मैं भी था। मुझे जल्दी ही अपनी ग़लती का अहसास हुआ और आगे से मैंने इसे सुधारने का प्रण किया था।

विकास ने मुझसे कहा था, कि ट्रेन पर टिकट लेकर यात्रा की, तो क्या फायदा। मैंने जब उससे असहमति जताई, तो उसने कहा, "कोई नहीं पूछता।" मैं भले ही इस कृत्य को अनुचित मानता था, फिर भी मैंने उसकी बात मान ली और यही मेरा गुनाह था, जो मुझे अंदर-ही-अंदर कचोटता रहा। अम्बाला छाबनी से डबवाली तक मैं यही सोचता रहा, कि क्या कुछ रुपये इतने अधिक होते हैं, कि इसके लिए ज़मीर को बेच दिया जाए। रास्ते में ही मैंने मन बना लिया, कि आगे से बिना टिकट सफ़र नहीं करूँगा। डबवाली आकर जब हम उतरे, तो विकास ने मुझे कहा, कि सुमित तुम तो सारे रास्ते सोते ही रहे। मैंने कहा, "हाँ. आँख लग गई थी।" तब उसने अपनी बात रखी, कि बठिंडा स्टेशन पर टी.टी. आया था और उसने उसे पचास रुपये देकर कह दिया था, कि हम दो सवारियाँ हैं। वह रुपये लेकर चला गया। टी.टी. कब आया था, इसकी मुझे कोई जानकारी नहीं थी। रास्ते में मैंने झपकी तो ली ही होगी, अतः इस बारे में पूछना उचित नहीं समझा और चुपचाप पच्चीस रुपये निकालकर विकास को दे दिए। अब सोच का नया चक्कर शुरू हो चुका था। पहले मैं सोच रहा था, कि क्यों हम चंद रुपये के लिए अपने ज़मीर को बेच रहे हैं; अब मैं सोच रहा था, कि क्यों हम चंद रुपये के लिए राष्ट्र को धोखा देकर किसी व्यक्ति विशेष का घर भर रहे हैं। मैं न चाहकर भी सोचे जा रहा था और हर बार इस नतीजे पर पहुँच

रहा था, "तुम जैसे लोग, जो कल को अध्यापक बनोगे, देश का क्या उद्धार करोगे और किस ज़ुबान से बच्चों को नैतिकता का पाठ पढ़ाओगे!" ऐसी कोई सोच विकास के जेहन में भी उथल-पुथल मचा रही थी या नहीं, मैं नहीं जानता; लेकिन इतना सच है, कि हम दोनों, जो अब बी.एड. के विद्यार्थी हैं, देर-सबेर जब अध्यापक बनेंगे, तब शायद बड़े गर्व से बच्चों को नैतिकता के भाषण दिया करेंगे।

यह बात तो कुछ दिन पहले की है। कल रात जब हम आए थे, तब मैंने टिकट कटवा ली थी। वे सभी बिना टिकट आए और मुझसे भी उन्होंने पूछा था, कि टिकट क्यों कटवा रहा है। तब मैंने सिर्फ इतना कहा था, "ऐसे ही।" उस समय वे कुछ नहीं बोले... हाँ, अम्बाला आकर विकास ने मुझसे इतना जरूर पूछा था, "क्यों, रात नींद अच्छी आई?"

मैंने कहा, "हाँ, मगर तुम क्यों पूछ रहे हो?"

वह बोला, "नहीं, मैं पूछ नहीं रहा, बल्कि कह रहा हूँ, कि जब पास टिकट हो तब डर नहीं लगता।"

डर...! शायद विकास को यही कारण दिखा होगा, मेरे टिकट कटवाने का। टिकट कटवाकर उसकी दृष्टि में मैं डरपोक बन चुका था, मगर इसका कोई उत्तर देना मैंने उचित नहीं समझा। अम्बाला से कुरुक्षेत्र हम बस द्वारा पहुँचे और यहाँ सभी ने टिकट कटवाई, क्योंकि बस में उतनी अंधेरगर्दी नहीं चलती, जितनी ट्रेन में चलती है। कुरुक्षेत्र विश्वविद्यालय आकर हमें हड़ताल की जानकारी हुई और उसी दिन रात को वापस जाने का निर्देश मैं विकास से पा चुका था। शाम पाँच बजे मैं फिर विकास के कमरे में गया। हैरी ने मुझसे पूछा - "हो गए तैयार?"

"हाँ, लगभग तैयार ही हूँ?"

विकास शायद अवसर के इन्तजार में था, बोला, "अब भी टिकट कटवाओगे?"

"हाँ, क्यों?"

"तुम मूर्ख हो या हम?"

"मैं क्या कह सकता हूँ इस बारे में।"

"देख सुमित, कहना तो तुझे होगा; तुमने टिकट किस आधार पर कटवाई थी?" - विकास ने बहस की ठानते हुए कहा।

"मेरा दिल नहीं माना।"

"तो तुम्हारा मतलब है, कि हमारे पास दिल नहीं?"

"मैंने ऐसा तो कुछ नहीं कहा।"

"तो फिर तुम समझते हो, कि हमारे पास रुपये नहीं हैं?"

"मैंने ऐसा भी नहीं कहा?"

"तो फिर तुम किस आधार पर हमारा साथ नहीं दे रहे?"

"अपनी-अपनी पसंद की बात है।"

"सिर्फ इतना कहने भर से काम नहीं चलेगा; यदि तुम्हें मेरे साथ आना-जाना है तो तुम्हें सिद्ध करना होगा, कि तुम कैसे ठीक हो और हम कैसे ग़लत, अन्यथा मेरा तेरे साथ आना-जाना संभव नहीं।"

"मैं ऐसा कुछ सिद्ध करने की ज़रूरत नहीं समझता।" - मैं इतना कहकर उठने को हुआ। विकास के अंतिम वाक्य का अर्थ मैं समझ चुका था। जब हमारा दाख़िला हुआ था, तब मेरे परिवार वालों ने विकास से कहा था, कि यह तो पहली बार घर से बाहर निकला है, तुम दोनों इकट्ठे आना-जाना, क्योंकि एक से दो भले। इन शब्दों का अर्थ विकास ने यह निकाला, कि मैं उस पर आश्रित हूँ। किसी पर आश्रित होना कितना बुरा होता है। भले ही मैं विकास पर आश्रित नहीं था, लेकिन उसने यही समझा होगा, तभी उसने कहा, कि मेरे साथ तुम्हारा आना-जाना संभव नहीं। इससे पहले कि मैं उठता, हैरी ने मेरा हाथ पकड़कर मुझे रोक लिया और बड़ी तार्किक शैली में कहा, "टिकट न

कटवाना तो विद्यार्थियों का विशेषाधिकार है।''

नवीन ने भी इसका समर्थन किया, ''विद्यार्थियों को कोई नहीं पूछता; सभी को पता होता है कि इनके पास कुछ नहीं होता।''

राजेश ने अपना संस्मरण सुनाना शुरू किया, ''मेरी सुनो! हम चार लड़के बी.एड. की काउंसलिंग के लिए हिसार गए थे, ट्रेन पर। हिसार रेलवे स्टेशन पर हमें टी.टी. मिल गया। बोला, ''तुम्हें जुर्माना भरना पड़ेगा।''

मैंने कहा, ''हम तो विद्यार्थी हैं।''

वह बोला, ''इससे क्या होता है?''

''हम जुर्माना नहीं देंगे।'' - मैंने कहा।

वह बोला, ''जुर्माना तो देना ही पड़ेगा।''

मैंने कहा, ''जुर्माने की छोड़ो, तुम अपनी फीस बताओ।''

वह बोला, ''सभी एक जैसे नहीं होते।''

मैंने कहा, ''तुम्हारे ईमानदार होने से क्या होगा; सभी टी.टी. पैसे लेते हैं, तुम भी ले लो।''

और थोड़ी चूँ-चपड़ करने के बाद वह सिर्फ तीस रुपये लेकर मान गया और साथ ही उसने यह भी कह दिया, कि आगे से यदि बिना टिकट सफ़र करना हो, तो चढ़ने से पहले ही टी.टी. से कह आया करो, कि हम विद्यार्थी हैं, तुम्हें कोई नहीं पूछेगा। वापसी के समय हमारे साथ जान-पहचान की एक लड़की थी। मैंने सोचा, अब तो बुरे फँसे; यदि टिकट न कटवाई और रास्ते में कोई मिल गया, तो लड़की के सामने बेइज़्ज़ती होगी, इसी डर से मैंने सोचा, चलो आज पहली बार ट्रेन पर भी टिकट कटवा लेते हैं। लेकिन जैसे ही मैं टिकट लेने चला, वही टी.टी. जिसे सुबह रुपये दिए थे, फिर मिल गया। मुझे देखते ही बोला, ''इसी गाड़ी पर जा रहे हो?''

मैंने कहा, "जी हाँ।"

वह बोला, "चढ़ जाओ, बेफ़िक्र होकर, कोई नहीं पूछेगा तुम्हें।"

और इस प्रकार हम सिर्फ तीस रुपये में सिरसा से हिसार जाकर वापस आ गए।

हैरी ने बात आगे बढ़ाते हुए कहा, "अच्छा तुम बताओ, तुमने कितनी बार ट्रेन पर सफ़र किया है।"

"कई बार।" - मैंने उत्तर दिया।

"कितनी बार किसी ने तुम्हारी टिकट चेक की है?"

"बड़ी मुश्किल से एक-दो बार।"

"फिर क्यों सत्तर रुपये फेंक रहे हो?"

"क्यों, टिकट कटवाना हमारा कर्तव्य नहीं है क्या?"

"जब पिछली बार बिना टिकट गए थे, तब कहाँ थी तुम्हारी यह कर्तव्यनिष्ठा?" - विकास ने व्यंग्य बाण छोड़ा। दरअसल वह मुझे मेरी ग़लती का अहसास दिलवाकर मुझसे आगे भी ग़लतियाँ करवाना चाह रहा था, जो मैं समझ गया था और इसी बात को ज़ाहिर करते हुए मैंने कहा - "वो मेरी ग़लती थी और मैं अब इसे दोहराना नहीं चाहता।"

"क्या तुम समझते हो, कि तुम्हारे टिकट कटवाने से सारा देश कर्तव्यपरायण हो जाएगा!" - विकास ने फिर सवाल किया।

"मैं सिर्फ अपने प्रति जवाबदेह हूँ।"

"किसको जवाब देना है तुम्हें, जरा हमें भी तो पता चले।" - विकास ने फिर व्यंग्य बाण छोड़ा।

"अपनी आत्मा को।"

"फिर वही बात; क्या तुम यह कहना चाहते हो कि हमारे पास

आत्मा नहीं है।''

''मैं न तो किसी पर अपनी बात थोपना चाहता हूँ और न ही जबरदस्ती किसी की बात मानूँगा; मैं आगे से सदैव टिकट कटवाकर यात्रा करूँगा और अगर तुम समझते हो, कि मेरा तुम्हारे साथ आना-जाना संभव नहीं, तो ध्यान रखना, मैं दूध पीता बच्चा नहीं हूँ, अकेले आ जा सकता हूँ।'' - मैंने सख़्त लहजे में अपनी बात कही। मेरे इन शब्दों ने उस समय तो उन्हें ख़ामोश कर दिया, लेकिन रास्ते भर उनके व्यंग्य-बाणों का सामना मुझे करना ही पड़ा। कुरुक्षेत्र से अम्बाला आने में हमें थोड़ी देर हो गई। ट्रेन चलने से पहले मैंने बड़ी मुश्किल से टिकट कटवाई। अम्बाला में टिकट कटवाना बड़ा मुश्किल काम है, यह सब जानते थे, इसलिए लेट पहुँचने में भी शायद उनकी कोई साज़िश रही हो; लेकिन मैंने इस ओर ध्यान न देना ही ठीक समझा। टिकट कटवाने के बाद, मैं बैठने के लिए जगह ढूँढ़ने लगा। मेरे साथी दूर खड़े ताने कस रहे थे, ''तुम्हें तो सीट मिलनी ही चाहिए।''

सीट तो थोड़ी देर बाद सभी को मिल गई और धीरे-धीरे सफ़र भी कट गया। डबवाली आकर वे चारों ख़ुश थे। विकास को तो अपने बचे हुए रुपयों से अपनी गर्लफ्रेंड को गिफ्ट देना था और शेष तीनों फ़िल्म देखने का कार्यक्रम बना रहे थे। मैं अपने गाँव की तरफ चल पड़ा। रास्ते भर मैं यही सोच रहा था, कि क्या गर्लफ्रेंड और फ़िल्म इतनी महत्त्वपूर्ण है, कि इसके लिए टिकट न कटवाई जाए? क्या देश सबसे महत्त्वहीन वस्तु है? काश ! देश गर्लफ्रेंड जैसी कोई चीज़ होता...

12

क़ीमत

“अभी तो मेरे हाथों की मेहँदी भी नहीं उतरी और आप...” - शारदा ने अपने आँसू पोंछते हुए डबडबाई आवाज़ में अपने पति राधेश्याम से पूछा, लेकिन राधेश्याम ने उसे बात पूरी नहीं करने दी और बीच में ही उसे टोकते हुए बोला - “तुम सारी की सारी औरतें ही एक जैसी होती हो; मैं तुम्हारी मेहँदी को देखता रहूँ या कुछ कमाई करूँ?”

“कमाई तो यहाँ भी हो सकती है।”

“यहाँ क्या ख़ाक कमाई होती है; खेत में फसल तो होती नहीं, क़र्ज़ दिनों-दिन बढ़ता जा रहा है... अगर कुछ दिन और खेती से कमाई की उम्मीद में बैठे रहे, तो ये रही-सही ज़मीन भी बिक जाएगी।”

“खेती के सिवा और भी काम धंधे हैं।”

“हम किसान होकर मज़दूरी कैसे कर सकते हैं!”

“विदेश जाकर भी मज़दूरी ही करनी पड़ेगी।”

“वहाँ कोई अपना तो नहीं होगा देखने वाला... और यहाँ रहकर अगर मज़दूरी करेंगे, तो लोगों के ताने सहने पड़ेंगे।”

“लोगों का क्या है, लोग तो कुछ-न-कुछ कहते ही रहते हैं।”

"लोगों के कहने पर ही सब कुछ निर्भर करता है; समाज में रहकर लोगों की बातों से कैसे बचेंगे। अब तुम्हीं सोचो, यदि मैं पहले मज़दूरी करता होता, तो क्या तुम्हारी शादी मेरे साथ होती? बताओ मुझे।" थोड़ी देर रुककर वह ख़ुद ही जवाब देते हुए कहता है - "कभी नहीं, क्योंकि तुम्हारे माँ-बाप और सगे-सम्बन्धियों ने कहना था, कि लड़का तो मज़दूर है और हम ठहरे इज़्ज़तदार लोग। मेरा मज़दूर होना इज़्ज़तहीन हो जाना था, क्योंकि समाज की प्रथा ही ऐसी है; यहाँ पैसे को पूजा जाता है, पैसा कमाने वाले को पूजा जाता है और पैसा कमाने के लिए विदेश जाना ज़रूरी है... यहाँ रहकर पैसा बचाना तो दूर, भरपेट रोटी मिल जाए, वही ग़नीमत है।"

"यदि पैसे कमाने के लिए आपने विदेश जाना ही था, तो फिर शादी क्यों की? आपको चाहिए था, कि पैसा कमाकर लाने के बाद ही शादी करते।"- शारदा ने इस प्रकार बेबसी के साथ ये शब्द कहे, जैसे राधेश्याम की बात को काटने के लिए उसके पास कोई तर्क न हो।"

"यदि मेरे वश में होता, तो मैं ऐसा ही करता; लेकिन तब विदेश जाने का कोई जुगाड़ ही नहीं बना... अब बड़ी मुश्किल से विदेश जाने का प्रबंध हुआ है, तो तुम घड़ियाली आँसू बहाने लग गई हो।"

"आपको तो मेरे आँसू घड़ियाली आँसू ही लगते हैं, लेकिन मुझसे पूछो, मुझ पर क्या गुजर रही है; कैसे जिऊँगी आपके बिना?"

"पहले भी तो जीती थी।" - राधेश्याम ने बड़ी बेरुख़ी से कहा।

"पहले की बात ओर थी; अब आप मेरे सब कुछ हैं और आपके बिना इस पराए घर में मेरा है ही कौन!"

"यह घर पराया नहीं, तुम्हारा अपना है।"

"हाँ, यह घर मेरा अपना है, लेकिन आपके कारण... और यदि आप इस घर से चले जाएँगे, तो यह घर भी मेरे लिए पराया हो जाएगा।"

“कुछ वर्षों के लिए जा रहा हूँ, सदा के लिए तो नहीं।”

“कुछ वर्ष भी कैसे गुजरेंगे?”

“हमारे बच्चे खुश रह सकें, वे ऐशो-आराम का जीवन जी सकें, इसके लिए हमें कुछ-न-कुछ त्याग तो करना ही होगा।”

“मगर...”

“अगर-मगर को छोड़ो और हाँ, माँ को अभी कुछ नहीं बताना।”- सख़्ती के साथ निर्देश देकर राधेश्याम तो बाहर चला गया और शारदा को छोड़ गया अपनी क़िस्मत को कोसने के लिए। दुल्हन बनकर आई थी, तो कितने अरमान थे उसके दिल में, मगर अब सब कुछ तबाह-सा होता लगता है उसे। वह भी चाहती है, कि अच्छा पहनने को हो, खाने को हो... मगर खाने-पहनने की वस्तुएँ पति से दूर रहने की क़ीमत पर तो प्राप्त नहीं कर सकती वह; पति का प्यार सबसे ज़रूरी है, लेकिन कौन मानेगा उसकी बात। पति तो ठहरा परमेश्वर और परमेश्वर तो मनमर्ज़ी करेगा ही; क्यों मानेगा वह किसी की बात।”

शारदा के दिल में कसक थी, तो आँखों में आँसू। बहुत चाहा कि ज़हर के इस घूँट को पी जाय, दुखी होकर भी अपने दुःख को प्रकट न होने दे, घर के ख़ुशी भरे माहौल को मातमी न बनाए, पर आँसू थे कि बरबस ही आँखों में भर आते थे।

शारदा तो शायद छुपा भी जाती अपने दुःख को... मगर रोते-रोते गोरे चेहरे का सुर्ख़ लाल हो जाना उसके दिल की कहानी को... उस कहानी को, उस दर्द को, जो उसके पति ने छुपाने को कहा था, को सरेआम कर रहा था और शारदा की सास भी इस चेहरे को देखते ही भाँप गई थी, कि कुछ-न-कुछ बात ज़रूर है। असली बात को जानने के लिए उसने शारदा से पूछा - “क्या बात है बहू, राधेश्याम ने कुछ कहा क्या?”

“कुछ नहीं माँ जी, बस यूँ ही मायके की याद आ रही थी।”-

अपने आँसुओं को छुपाने की नाकाम कोशिश करते हुए शारदा ने उत्तर दिया।

"मायके की याद आ रही थी या..."- माँ ने शक्की निगाहों से उसे देखते हुए कहा।

"नहीं, सच कह रही हूँ।"

"तू कुछ छुपा रही है बहू।"- राधेश्याम की माँ, शारदा के पास बैठते हुए बोली और प्यार से उसका सिर सहलाते हुए बोली - मैं तेरी माँ हूँ बहू; जो भी बात है, साफ़-साफ़ बता मुझे।"

"कुछ ख़ास नहीं माँ जी।"- यह कहते-कहते वह फूट-फूटकर रोने लगी। शारदा की सास ने उसे गले से लगा लिया और प्यार से उसकी पीठ सहलाते हुए बोली - "जो भी बात है, मुझे बता, तुझे मेरी क़सम।"

रोते-रोते शारदा ने सारी बात अपनी सास को बता दी। उसकी सास ने उसे सांत्वना देते हुए कहा - "मुझे इसी बात का डर था; लेकिन तू रो मत बहू; कुछ नहीं होगा मेरे जीते जी, मैं कहीं नहीं जाने दूँगी उसे।"

शारदा चुप तो कर गई, लेकिन अपनी सास के आश्वासन को महज़ एक झूठी तसल्ली के सिवा कुछ नहीं समझ सकी। समझती भी कैसे... सब जानते हैं, कि कितनी बात मानते हैं बेटे आजकल अपने माँ-बाप की। लेकिन शाम के वक्त हालात कुछ ऐसे बन गए, जिसकी कल्पना उसने स्वप्न में भी नहीं की थी। माँ-बेटे में जमकर तकरार हुई। बेटा वही एकमात्र रट लगाए हुए था, कि इस देश में रहकर धन नहीं कमाया जा सकता, जबकि माँ; सिर्फ माँ ही नहीं, अपितु एक आहत पत्नी, आज विरोध पर अड़ी हुई थी... एक नव विवाहिता को आहत होने से बचाने के लिए। वह पूछ रही थी - "क्या इसी दिन के लिए मैंने तुझे जन्म दिया था? क्या इसी दिन के लिए मैंने मर-मर कर तेरा पालन पोषण किया था?"

वह कह रही थी - "जब वह अकेली औरत होते हुए उसका पालन-पोषण कर सकती है, तो क्यों वह पुरुष होते हुए अपनी सन्तान का पालन-पोषण नहीं कर पाएगा? ठीक है, विदेश में कमाई अधिक है, लेकिन किसकी ख़ातिर करोगे तुम कमाई? तुम्हारे पिता जी भी गए थे विदेश; क्या मिला उन्हें विदेश से? क्या मिला हमें, उनके परिवार को उनकी कमाई से? कागज के चंद नोट। बहुत क़ीमत मानते हो तुम इनकी; मगर इन नोटों की ख़ातिर तुम्हारे पिताजी अपनी बहन की शादी में नहीं आ सके; उनके माँ-बाप उन्हें याद करते मर गए, उनके दाह-संस्कार पर भी वे नहीं आ सके। क्या तुम्हें पता नहीं, कि वे नहीं आए, उनके मरने की खबर आई थी... क्या अब तुम चाहते हो, कि हम भी वैसी ही स्थिति से गुजरें? क्या चंद नोटों के लिए हम भी तड़पें तुम्हें देखने के लिए? और फिर उसके बारे में तो सोचो, जिसे कुछ ही दिन पहले ब्याह कर लाए हो। मैंने तो तेरे सहारे काट ली ज़िन्दगी, यह किसके सहारे काटेगी?"

माँ की बातें राधेश्याम को ग़लत लगी हों, ऐसा नहीं... और न ही वह इन बातों से अनजान था। बचपन में उसकी छोटी-बड़ी ख़्वाहिशें तो पूरी हुई थीं, लेकिन पिता का प्यार उसे नहीं मिला था। पिता के होते हुए भी पिता के प्यार से वंचित रहा था वह और शायद इसीलिए कुछ वर्ष पहले तक वह भी विदेश जाने को बुरा समझता था... लेकिन अब परिस्थितियों के कारण उसका इरादा बदल चुका था। हालात उसे बता रहे थे, कि इस देश में रहकर वह घुट-घुटकर मर सकता है, ख़ुशी-ख़ुशी जी नहीं सकता। अपनी माँ से उसे भी प्यार था... वह भी चाहता था, कि वह अपनी नवविवाहिता के साथ रहे, लेकिन क्या उसका प्यार ही उनका पेट भर सकेगा? क्या वही कल को ये नहीं कहेगी, कि कुछ कमाओ... तब कहाँ से कमाएगा वह? नौकरी यहाँ मिलती नहीं, खेती में सिर खपाने के सिवा और कुछ नहीं और व्यापार बिना धन-दौलत के शुरू नहीं होता। रही मज़दूरी... कैसे करेगा वह मजदूरी। चलो, कर भी लेगा, तो क्या मज़दूरी से चल पाएगी गृहस्थी? महँगाई के इस ज़माने में मज़दूरी से प्राप्त आय से दाल-रोटी का ख़र्चा बमुश्किल चल

पाएगा... फिर अपने बच्चों को कैसे पढ़ाएगा वह? कैसे पूरे करेगा वह उन नन्हीं जानों के छोटे-छोटे अरमान?

दोनों के अपने-अपने तर्क थे, अपनी-अपनी सोच थी; ऐसे में कोई समाधान निकलना कहाँ संभव था, इसीलिए माँ-बेटे की तकरार बेनतीजा ही रही। हाँ, इस तकरार के बाद कुछ दिन तक घर में ख़ामोशी रही। घर के तीनों सदस्य इस मुद्दे पर चुप्पी साधे हुए थे। कोई भी इस विषय पर बातचीत शुरू नहीं करना चाहता था। राधेश्याम ने चुपके-चुपके अपने जाने की तैयारियाँ शुरू कर दी थी। पैसे के लिए ज़मीन गिरवी रखने की तैयारी थी। उसे लग रहा था, शायद माँ उससे सहमत हो गई है... लेकिन रविवार के दिन जब उसके सुसराल और ननिहाल पक्ष के कुछ आदमी आए, तो उसे समझ आ गया, कि यह ख़ामोशी, तूफ़ान से पहले की ख़ामोशी थी; असली तूफ़ान तो आज आना था। उसके मामा जी नौकरी पेशा थे, वे भी आए थे। उसके ससुर और उनके साथ आए उनके भाई भी पढ़े-लिखे थे। सबके आने पर राधेश्याम की माँ ने उसके विदेश जाने वाली बात को उठाया। राधेश्याम की स्थिति से सभी परिचित थे। पाँच एकड़ ज़मीन थी उसके पास; गुज़ारा हो सकता था, लेकिन बिजली-पानी की कमी ने खेती को जी का जंजाल बना दिया था, ऊपर से प्रकृति भी मानव की दुश्मन हुई जा रही है, ऐसे में खेती से खुशहाली आएगी, ऐसी उम्मीद किसी को नहीं थी। राधेश्याम ने यही तर्क, आए हुए सज्जनों के सामने रखा। नौकरी की उम्मीद भी उसे नहीं थी। ऐसा नहीं, कि उसने प्रयास नहीं किया... बल्कि वह कई बार इंटरव्यू तक पहुँचा, लेकिन इंटरव्यू में वही कामयाब होते हैं, जिनके पास सिफ़ारिश होती है या फिर वे इक्का-दुक्का लोग, जो इतने कुशाग्र बुद्धि होते हैं, कि उन्हें किसी तरह रोका नहीं जा सकता। दुर्भाग्यवश उसके पास ये दोनों योग्यताएँ नहीं थीं; ऐसे में उसे विदेश जाना ही उचित लगा। उसने आए हुए सज्जनों से प्रश्न किया - "क्या आप लूट-चोरी को छोड़कर उसके लिए कोई ऐसा जरिया बता सकते हैं, जिससे वह आठ-दस हजार रुपए महीना नियमित रूप से कमा सके?"

जवाब इसका क्या होता। सब यही समझा रहे थे, कि तुम ठीक कह रहे हो, लेकिन देश, देश होता है; अपने देश की रूखी-सूखी भी अच्छी होती है। लेकिन वह फ़क़ीरों जैसी ये बातें सुनने को तैयार नहीं था। वह बोला - "दुःख तो हमारा मुक़द्दर है। मेरा भी दिल करता है, कि अपने गाँव में, अपने परिवार के साथ ख़ुशी-ख़ुशी जीवन व्यतीत करूँ, लेकिन यहाँ यह संभव नहीं है... क़र्ज़ दिनों-दिन बढ़ता जा रहा है, चिंताएँ रात को सोने नहीं देतीं। दुखी तो अब भी हैं; यदि थोड़ा वियोग सहने से सुख मिलते हों, तो क्या यह अच्छा नहीं है?"

"तुम्हारे पिता जी भी..." माँ ने बोलना चाहा।

राधेश्याम ने बात को बीच में काटते हुए कहा - "पिता जी भी विदेश गए थे। जब तक वे वहाँ थे, हमारे दिन अच्छे बीते, भले ही हमें उनका प्यार नहीं मिला। अगर उनके साथ वहाँ हादसा न होता, तो आज मुझे यूँ बेघर होने की नौबत नहीं आती। अब अगर मैं कुछ वर्ष विदेश लगा आया, तो आगे का जीवन सुधर जाएगा।"

"लेकिन इन वर्षों में हम कैसे जिएँगे?" - शारदा और उसकी सास एक साथ बोलीं।

"सुख के लिए दुःख तो उठाना ही पड़ता है... आने वाली पीढ़ियाँ ख़ुशहाल हों, इसके लिए हमें ही कुछ करना होगा।"

"तो इसका मतलब है तुम अपना इरादा नहीं बदलोगे?" - राधेश्याम के ससुर ने हताश होकर कहा।

"मैं इरादा बदलने के लिए तैयार हूँ; आप सब लोग इस देश के हालात बदल दो। भ्रष्टाचार, भाई-भतीजावाद, लाचारी, ग़रीबी को जड़ से हटा दो।"- रोष और हताशा मिले स्वर में राधेश्याम ने कहा।

"ये हमारे बस की बात कहाँ है बेटा।"

"फिर आप मुझे भूखा मरने की सलाह क्यों देते हो! हमारे वश में जो है, वही क्यों नहीं करने देते। विदेश जाना कोई आसान काम तो

नहीं। कितने पापड़ बेले हैं मैंने इसके लिए, मैं ही जानता हूँ। ज़मीन गिरवी अलग से रखनी होगी। अब, जब सारा काम बन चुका है, तो क्यों मेरे मार्ग में रोड़े अटका रहे हो?''

''मगर बेटा...''

''माँ, अब छोड़ो भी इसे। रोज़ी रोटी ज़रूरी है। अगर हमारी क़िस्मत अच्छी होती, तो यहीं नौकरी मिल जाती; अब नहीं मिली, तो कड़वा घूँट तो पीना ही होगा।''

ये शब्द सुनते ही शारदा उठकर भीतर चली गई। आँसुओं की अविरल धारा उसकी आँखों से बह रही थी। महान भारत के ग़रीब मध्यम वर्गीय परिवार का सदस्य होने की क़ीमत, रोज़ी-रोटी कमाने की क़ीमत, सबसे ज़्यादा उसी को तो चुकानी पड़ रही थी।

13

बलिदान

चंचल मृग की तरह मन कुलाँचें भरता ही रहता है। कोई भी विचार इसमें स्थिर नहीं रहता। सुनीता भी इसे अपने वश में रखने के प्रयास में विफल है। भाँति-भाँति के विचार उसे परेशान किए जा रहे हैं, हालाँकि आज वो कई दिनों से चली आ रही दुविधा की स्थिति को समाप्त करने जा रही है। वह युनिवर्सिटी में एम.ए. अंतिम वर्ष की छात्रा है। परीक्षा नज़दीक है, ऐसे में उसे हॉस्टल में रहकर पढ़ाई करनी चाहिए थी, लेकिन वह घर जा रही है, अपने निर्णय से अपने परिवार को अवगत करवाने के लिए। यह निर्णय कैसी सुनामी लाएगा, इसका उसे कोई अंदाज़ा नहीं, लेकिन उसे पता है कि यह निर्णय, समुद्र में ज्वार-भाटा ज़रूर उठाएगा। इस तूफ़ान की भयानकता कम हो, इसके लिए उसे क्या करना चाहिए... उसे अपना निर्णय पहले किसे, किस समय और कैसे सुनाना चाहिए, इस हेतु वह बहुत तरीक़ों से सोच रही है, लेकिन कोई स्पष्ट विचार उसके पास नहीं है। बस, उसके घर की तरफ़ जिस रफ़्तार से दौड़ रही है, उससे कहीं ज्यादा तेज़ हैं उसके दिल की धड़कनें। घर में हंगामा हो सकता है, इस डर को देखते हुए वह पहले इस विषय को परीक्षा तक उठाना नहीं चाहती थी, लेकिन उसके दिल में जो तूफ़ान उठ रहा था, वो भी उसे पढ़ने कहाँ दे रहा था। वैसे उसे अपने माँ-बाप पर गर्व है। कभी उन्होंने बेटे-बेटी में कोई फ़र्क़ नहीं किया... बेटी होने पर भी, उसकी हर इच्छा, हर तमन्ना पूरी की। उसे

उच्च शिक्षा प्राप्त करने का अवसर दिया। उसके पिता जी अध्यापक हैं, वे कभी दकियानूस नहीं रहे। उसकी माँ भले ही गृहिणी हो, लेकिन सुशिक्षित है, उच्च विचारों वाली है। यही बात उसका हौसला बँधा रही है। इसी कारण उसने अपने फैसले को अपने माता-पिता के सामने रखने का निर्णय लिया है। उसे उम्मीद है, कि वह अपने माता-पिता को मनाने में सफल रहेगी। उसे लगता है, कि उसे छोटी-छोटी ख़ुशियाँ देने के लिए जो माँ-बाप अपनी जान न्यौछावर करने को तत्पर रहते थे, वे अब उससे वह ख़ुशी नहीं छीनेंगे, जिस पर उसका पूरा जीवन निर्भर करता है। लेकिन यह उम्मीद बार-बार टूटती लगती है। ख़ौफ़ के बादल और उम्मीदों का सूर्य, निरंतर आँख-मिचौली खेल रहे हैं और इसी पसोपेश में वह अपने घर पहुँचती है।

घर में दाख़िल होते ही उसे अपने पिताजी, दीनू काका के साथ बाहरी बैठक से बाहर निकलते दिखे। सुनीता के लिए काली बिल्ली का रास्ता काटना भले ही अहमियत न रखता हो, लेकिन दीनू काका का उनके घर से निकलना उसे सशंकित कर रहा है। दीनू काका का वास्तविक नाम दीनदयाल शर्मा है, लेकिन पूरा गाँव... कोई बड़ा हो या छोटा, सभी उन्हें दीनू काका ही कहते हैं। गाँव के बुजुर्ग आदमी हैं, पुण्य का काम करते हैं और यह पुण्य का काम है, शादियाँ करवाना। कहते हैं, जोड़ियाँ भगवान के घर से बनकर आती हैं, लेकिन धरती पर उनका मिलान कराने के लिए दीनू काका जैसे आदमियों की ज़रूरत पड़ती ही है। ऐसे लोग भगवान के घर से बनी जोड़ी को सदा सही पहचान कर उसका मिलान कर पाते हैं या नहीं, यह तो भगवान ही जानता है।

सुनीता के मन में सारे रास्ते भिन्न-भिन्न प्रकार की शंकाएँ उठती रही थीं। दीनू काका का पिताजी के साथ दिखना उसे एक बड़ी मुसीबत दिख रहा है। सुनीता ख़ुद को समझाती है, कि यह ज़रूरी तो नहीं, कि पिताजी दीनू काका के साथ उसी के रिश्ते की बात कर रहे हों... लेकिन उसका मन मानने को तैयार ही नहीं। उसे लग रहा है, कि इसके सिवा कोई और बात हो ही नहीं सकती। घर में पहले भी उसकी शादी का

ज़िक्र होता था। उसके माता-पिता की यही राय थी, कि एम.ए. पूरा हो जाय, तो उसकी शादी कर दें। अब एम.ए. पूरा होने में बमुश्किल दो महीने हैं। उसे डर है, कि कहीं पिताजी ने कोई ज़ुबान ही न दे दी हो। उसके माता-पिता जब उस पर इतना भरोसा करते हैं, तो वह चाहती है, कि उसके कारण उसके पिताजी को नीचा न देखना पड़े। पिता जी की इज़्ज़त का ख़याल उसकी घबराहट को और बढ़ा रहा है। इसी संबंध में सोचते-सोचते वह अपनी माँ के सामने जा खड़ी होती है। माँ उसे प्यार से गले लगाती है, उसका माथा चूमती है और हैरानी से पूछती है - "अरी सुनीता, तू इस बार इतनी जल्दी कैसे आ गई?"

"बस माँ, जी किया तुझे मिलने को तो आ गई।"- सुनीता ने बनावटी-सी मुस्कान चेहरे पर लाते हुए कहा।

"तेरी तबियत तो ठीक है! कैसी उदास-उदास-सी लग रही है।"

"बिल्कुल ठीक हूँ माँ, बस सफ़र की धूल-मिट्टी के कारण तुझे लग रहा है।" - इतना कहने के बाद कुछ बात को बदलने के इरादे से, तो कुछ मन के डर के चलते वह माँ से पूछती है - "पिताजी नहीं दिख रहे।"

"यहीं तेरे दीनू काका के साथ बाहर गए हैं; तू नहा-धो ले, फिर करते हैं बातें।"

"और सुधीर?" - सुनीता ने फिर पूछा।

"वह अपने दोस्त के घर गया है।"

सुनीता ने अपना सामान अपने कमरे में रखा। आज उसे अपना कमरा भी बेगाना-सा लग रहा है। इस ख़याल को वह अपने ऊपर हावी नहीं होने देती और जल्दी से नहाने चली जाती है। जब तक वह नहाकर वापस लौटती है, तब तक पिताजी घर वापस आ चुके हैं। वे माँ से धीरे-धीरे कुछ कह रहे हैं। सुनीता उनके हिलते होंठों से बात पकड़ने की नाकाम कोशिश करती है। सुनीता को देखते ही वे चुप हो जाते हैं। पिताजी प्यार से सुनीता के सिर पर हाथ रखते हैं, कुशलक्षेम पूछते हैं,

परीक्षा के विषय में बात करते हैं।

सूर्य ढल चुका है। सुधीर घर आ जाता है और दोनों भाई-बहन बातों में व्यस्त हो जाते हैं। माँ अपने काम-धंधे में जुट जाती है। पिता जी टेलीविजन चलाकर देश-दुनिया का हाल जानने लगते हैं।

रात्रि का खाना सभी ने साथ खाया। सुधीर, पढ़ने के लिए अपने कमरे में चला जाता है। सुनीता अपनी बात शुरू करने के लिए किसी भूमिका की तलाश में है। पिताजी उसे चुप देखकर पूछते हैं - "तू आज चुप-चुप सी क्यों है?"

"नहीं पापा, बस यूँ ही।"- सुनीता, सँभलने का यथासंभव प्रयास करती है, लेकिन उसकी आवाज़ में लडखड़ाहट साफ़ झलकती है। पिता जी भी इसे महसूस करते हैं और वे पूछते हैं - "कोई दिक़्क़त है तो साफ़-साफ़ बता बेटा।"

"दिक़्क़त तो है पापा, मगर..." - यह कहते-कहते उसका गला रुँध जाता है।

"फिर कहती क्यों नहीं।" - पिता जी थोड़ा बेचैन होकर कहते हैं।

"पापा, मैं ख़ुशक़िस्मत हूँ, कि आप जैसे मम्मी-पापा मुझे मिले। दूसरी लड़कियों की बातें सुनती हूँ, तो ख़ुद को धन्य मानती हूँ... सच में, मुझे आप पर गर्व है।"

"तू अपनी समस्या बता।" - माँ ने अपना धैर्य खोते हुए कहा।

"समस्या ही कहने आई हूँ और इसी कारण कहने का हौसला कर रही हूँ, कि मुझे आप पर गर्व है और मुझे पता है, कि आप मुझे समझ सकते हैं।"

"आख़िर ऐसी क्या बात है, जिसके लिए तुझे इतनी बड़ी भूमिका बाँधनी पड़ रही है?" - अंदर से डरते और बाहर से चिढ़ते हुए पिताजी ने कहा।

“बात तो पापा...” थोड़ा रुककर और ख़ुद को सँभालकर उसने कहा -” पापा, अगर समाज की नज़रों से देखोगे, तो मैं आपके पाक दामन को दाग़दार करने की गुस्ताख़ी करने जा रही हूँ।”

“ये क्या कह रही है तू!” - उसके माता-पिता एक साथ बोले।

“मैंने प्यार किया है पापा और प्यार को...” - बोलते-बोलते उसका गला फिर रुँध जाता है।

“हम तो तेरी शादी की बात चला रहे थे।” - पापा ने निराश होते हुए कहा।

“मुझे घर में घुसते ही इस बारे में शक हो गया था; लगता है मैं सही समय पर आ गई।” - सुनीता ने सँभलते हुए कहा।

“सही समय पर, मगर ग़लत काम करके।” - माँ ने ग़ुस्से में कहा।

“ग़लत काम...? नहीं माँ, प्यार ग़लत काम नहीं है, प्यार तो पूजा है... लोग भले इसे ग़लत मानते हों, लेकिन मुझे तो विश्वास था, कि कम-से-कम मेरे मम्मी-पापा इसे ग़लत नहीं मानेंगे।”

“कौन है वो?”- पिताजी ने ख़ुद को संयत करते हुए पूछा।

“युनिवर्सिटी में एम.बी.ए. अंतिम वर्ष का छात्र है।”

“कहाँ से है?”

“दिल्ली से; लेकिन उसके मम्मी-पापा बेंगलुरू में रहते हैं, पढ़ाई पूरी करके उसे भी वहीं जाना है।”

“ठीक है, हम तुम्हारे प्यार को पारंपरिक शादी में बदलवाने का प्रयास करेंगे।” - पिताजी ने कुछ सोचते हुए कहा।

“मुझे आप पर यक़ीन था पापा, मगर ...”

“मगर समाज इसका विरोध करेगा।”

"क्यों, लड़के की जाति ..."

"लड़के की जाति, धर्म को लेकर कोई परेशानी नहीं।"

"फिर परेशानी कहाँ है?" - पिताजी थोड़ा व्यग्र होते हुए बोले।

"बाक़ी सब ठीक है पापा, मगर उसका गोत्र और हमारा गोत्र एक है।"

"ये तुमने क्या किया; प्यार करने से पहले कुछ तो सोचना था, कुछ तो ख़याल रखना था समाज के बन्धनों का।" - अभी तक चुप बैठी माँ चिल्लाई।

"क्या ख़याल रखती माँ। कितने बंधन लगाए हैं इस समाज ने प्यार पर। पहले धर्म देखो, फिर जाति देखो, फिर गोत्र... यह सब ठीक तो आर्थिक-सामाजिक समानता देखो। प्यार इतनी देख-पड़ताल करने का मौक़ा कब देता है और अगर इतनी जाँच-पड़ताल करने का मौक़ा मिल गया, तो वह फिर प्यार कब है। प्यार सौदेबाजी तो नहीं, कि जब तक तराज़ू के पलड़े बराबर न हों, तब तक न हो। प्यार इबादत है माँ; और इबादत करने वाले तो पत्थर को भी पूजते हैं, यह जानते हुए भी, कि पत्थर, पत्थर होता है, भगवान नहीं। मैंने भी इबादत की है माँ, सौदेबाजी नहीं। अजय दिल को जँचा तो प्यार हो गया।" - सुनीता ने उखड़ते हुए कहा।

"लेकिन समाज तो तुम्हें भाई-बहन ही मानेगा।" - माँ ने अपना तर्क रखा।

"सिर्फ गोत्र मिलने से हम भाई-बहन कैसे हो गए? जब तक हम नहीं मानते; बात तो मानने की होती है। गाँव में मैं जिन लड़कों के साथ पढ़ती थी, उनको भाई मानती थी; भले वे हमारे गोत्र, जाति के नहीं थे। बाहर के सभी लड़कों को तो भाई नहीं माना जा सकता... अजय को भी नहीं माना था। वह पहले सिर्फ एक लड़का था, फिर दोस्त बना और फिर प्रेमी। जब तक उसके गोत्र का पता चला, हम एक-दूसरे से प्यार करने लगे थे, अब उसे मैं अपना भाई कैसे मानूँ?"

"लेकिन बेटी, समाज..." - पिता जी ने कुछ कहना चाहा, लेकिन सुनीता बीच में ही बोल पड़ी - "पापा, अगर समाज को यह मंज़ूर नहीं, तो उसे पहले सोचना चाहिए।"

"क्या सोचता समाज? कितने विवाद हो रहे हैं इस मुद्दे को लेकर हमारे हरियाणा में; इन्हें देखकर सोचना तो तुम्हें चाहिए था कि ऐसे झमेले से बचती।" - माँ बोली।

"समाज को ही सोचना चाहिए। जब उसे यह मंज़ूर नहीं, तो उसे ऐसी व्यवस्था करनी चाहिए, कि एक गोत्र के सभी परिवारों के बच्चे एक मंच पर मिलते-जुलते रहें, ताकि उनमें भाई-बहन के भाव जग सकें। जब परिवार दूर-दूर तक फैल गए हैं और उनके बच्चे आपस में अपरिचित हैं, तो वे कभी-न-कभी मिलेंगे और प्यार में भी पड़ेंगे।"

"उनका क्या विचार है?" - पिता जी गंभीर होते हुए पूछा।

"वे इसे समस्या नहीं मानते। अजय ने अपने पापा से बात की है। हाँ, उन्हें इसका पता है, कि हमारे यहाँ बवाल मचेगा, इसलिए वह कोर्ट मैरिज का कह रहे हैं।"

"बवाल तो फिर भी मचेगा; कब तक छुपेगा यह सच... और जिस दिन पता चलेगा, उस दिन हमारा हुक्का-पानी बंद कर देगा समाज।" - पिता जी के चेहरे पर चिंता की लकीरें उभर आईं।

"मैं समझती हूँ पापा... मुझे अगर पता होता, कि अजय का गोत्र हमारे वाला है, तो मैं उससे प्यार न करती; मगर वह नाम के साथ गोत्र नहीं लगाता था और न ही उसने कभी जाति, धर्म, गोत्र को अहमियत देते हुए इस विषय पर बात की। पहले तो दूरी संभव थी, परन्तु अब मुड़ना मुश्किल है, मैं अजय के बिना नहीं जी पाऊँगी।"

"फिर क्या लेने आई हो यहाँ, उसी के साथ चली जाती; हम समझ लेते कि मर..."

माँ की बात को बीच में काटते हुए पिताजी बोले - "चुप कर!

क्या बोले जा रही है, क्या यही कहने के लिए बड़ी किया था इसे।''

''फिर क्या वह करने के लिए बड़ी किया था इसे, जो इसने किया है!'' - माँ ने ग़ुस्से में कहा।

''माँ, मैंने बुरा क्या किया है?''

''समाज के बंधन तो तोड़े हैं तूने।''

''अगर समाज के बन्धनों की चक्की में ही पिसवाना था, तो क्यों इतना पढ़ाया? क्यों भेजा युनिवर्सिटी? जब उड़ने ही नहीं देना था, तो क्यों दिखाए उड़ने के ख़्वाब?''

''लेकिन बेटी, इसका हल क्या है?'' - पिता ने निराश होते हुए कहा।

''यही तो दुविधा है पापा। मैं स्वार्थी नहीं हूँ; मुझे पता है कि मेरे इस फैसले के बाद आप पर क्या गुज़रेगी, सुधीर का क्या होगा; उसकी शादी के समय कितनी परेशानी होगी। सबका अंदाज़ा हो रहा है, इसलिए उलझन है। अजय को मैं किसी हाल में छोड़ नहीं सकती और आपको छोड़ना, आपको मुसीबत में डालना भी नहीं चाहती... मुझे कोई रास्ता नहीं दिख रहा पापा; मुझे आपकी ज़रूरत है, मुझे समझने की कोशिश करो पापा।'' - यह कहते हुए सुनीता फूट-फूटकर रोने लगी।

''सब समझ रहा हूँ बेटा, लेकिन क्या करूँ, मेरी समझ में भी कुछ नहीं आ रहा; परिस्थितियों से तू अवगत है ही, तू ही कोई समाधान बता।''

''अगर मेरे पास कोई समाधान होता तो...''

''समाधान इसका होगा भी क्या। दरअसल बेटी, प्यार तो बलिदान माँगता है; यह बलिदान चाहे तुम दो अजय को छोड़कर, या हम दें समाज से बहिष्कृत होकर... अब तुम्हीं बताओ, कौन-सा रास्ता अपनाया जाय?''

“इन दोनों को छोड़कर कोई तीसरा रास्ता नहीं हो सकता क्या?”

“नहीं, सदियों से यही होता आया है... हाँ, इस बार हम इतना बदल सकते हैं, कि अब बलिदान हम दे दें प्यार की खातिर, अपनी बेटी की खातिर।” - पिताजी ने दृढ़ता से कहा।

“आप भी इसी का पक्ष लेने लग गए।” - माँ ने रोष जाहिर किया।

“और किसका पक्ष लूँ? समाज के ठेकेदारों का? यहाँ रोज भाई-भाई एक-दूसरे के ख़िलाफ़ थाने-कचहरी में जाते हैं और जब ऐसी बात आती है तो उन्हें भाईचारा याद आ जाता है। मैं मानता हूँ, सुनीता का फैसला ग़लत है; सामाजिक दृष्टिकोण से ही नहीं, वैज्ञानिक दृष्टिकोण से भी... लेकिन इसकी ज़िम्मेदारी भी तो हमारी ही है; हमारी आपसी दूरी ही बच्चों से ऐसी ग़लती करवाती है... अगर हम सुनीता का सुझाव मानें, तो शायद यह नौबत न आए।”

“फिर पापा, अब...!”

“निश्चिन्त रहो बेटी, तुम कोर्ट मैरिज करवा लेना, हम आएँगे तीनों।”

“लेकिन आपका क्या होगा?” - सुनीता ने थरथराती आवाज़ में पूछा।

“जो भी होगा देखा जाएगा। हाँ, पंचायत में तेरी बात ज़रूर रखूँगा, ताकि साँप निकलने के बाद लकीर पीटने की बजाय कुछ सार्थक हो, जिससे ऐसी नौबत न आए।”

“लेकिन पापा, मेरे इस फैसले से आपको दुःख उठाना होगा, यह बात मुझे सदा बेचैन रखेगी।”

“दुःख तो बेटी उठाना ही होगा; यह समाज दुःख के सिवा और देता भी क्या है। अब तेरे फैसले से हम दुःख उठाएँगे और अगर

समाज के अनुसार फैसला लेंगे, तो तू दुःख उठाएगी। तेरे दुखी होने से भी हम दुखी होंगे। ये दुःख तो सामाजिक प्राणी होने के कारण मिलना ही है; इसका कोई समाधान हमारे पास नहीं, कोई भी समाधान...।'' - यह कहते हुए पिताजी उठकर अपने कमरे में चले गए। माँ भी उनके पीछे-पीछे चल पड़ी।

14

जिंदगी का अन्याय

"सुरेश! आज का अखबार देखा आपने?" - अखबार को देखते हुए रमेश ने मुझसे पूछा।

"क्यों, कुछ ख़ास था?" - मैंने सहजता से पूछा।

"आपके महकमे से जुड़े एक कर्मचारी की ख़बर थी, बस इसलिए पूछा था।"

"क्या ख़बर थी?" - मैंने उत्सुकता से पूछा।

"किसी निहालसिंह ने आत्महत्या कर ली है। ""

"निहालसिंह? ये वही निहालसिंह होगा, जिसे मैं जानता हूँ।" - मैंने कुछ याद करते हुए कहा और अपनी बात को यक़ीन में बदलने के लिए रमेश के हाथ से अखबार पकड़ लिया। ख़बर पर नजर दौड़ाई और फिर सहज होते हुए कहा - "हाँ, ये तो वही निहालसिंह है, हमारा पुराना साथी और इसे तो एक-न-एक दिन आत्महत्या करनी ही थी।"

"क्यों! ऐसा कैसे कहा आपने।"

"मैंने उसे बड़े करीब से देखा है, उसके साथ नौकरी की है तीन साल तक और मुझे पक्का यकीन था, कि वह आत्महत्या करेगा।"

"कोई पारिवारिक परेशानी थी?"

"परेशानी थी नहीं, अपितु उसने ख़रीदी थी... हैरानी की बात तो यही है कि वह इतना समय निकाल गया; वैसे हिम्मती आदमी था और शायद इसी हिम्मत के कारण उसकी उम्र के कुछ साल बढ़ गए।"

"मैं समझा नहीं...यदि हिम्मती आदमी था, तो उसने आत्महत्या क्यों की? आत्महत्या तो एक कायरता है और हिम्मती आदमी कायर कैसे हो सकता है? आपकी पहेली मुझे समझ नहीं आ रही, साफ़-साफ़ बताओ, मुझे निहालसिंह के बारे में जानना है।" - रमेश ने बड़ी उत्सुकता से कहा।

"नहीं, मैंने कोई पहेली नहीं कही; हाँ, निहालसिंह ख़ुद एक पहेली ज़रूर था और यह भी एक पहेली ही है कि उसने जो परेशानी ख़रीदी थी, उसके पीछे कारण लालच था या वासना... पर यह बात सौ फ़ीसदी सच है, कि उसने परेशानी ख़ुद मोल ली थी, आ बैल मुझे मार की तर्ज़ पर काम किया था उसने और मैं दावे के साथ कह सकता हूँ कि उसकी उसी परेशानी ने उसे इतना मजबूर किया होगा, कि वह हिम्मती आदमी भी हार गया।"

"किस चीज़ का लालच या कौन सी वासना?" - रमेश की उत्सुकता अब देखने लायक थी।

"उसकी आत्महत्या के कारण को समझने के लिए उसको समझना ज़रूरी है।" - मैंने भूमिका बनाते हुए कहा।

"फिर समझाओ जल्दी-जल्दी; मैं भी उसको जानना चाहता हूँ।"

"वह अपने आप को डॉक्टर कहता था।" - मैंने अतीत को याद करते हुए कहा।

"किस चीज़ का डॉक्टर।"

"औरतें फँसाने का। वह कहता था, इस काम में उसने पी.एच.डी. की हुई है और उसकी डॉक्टरी देखी भी थी हमने।"

"कैसे? ऐसा क्या देखा था आपने?" - रमेश की उत्सुकता

चरम पर थी।

“हम तो सिर्फ इस बात के गवाह हैं, कि वह जिसे चाहता, उसी औरत को अपने चुग्गे पर लगा लेता था... किसी को भाभी, किसी को साली बनाना उसका पहला क़दम होता था; इसके बाद वह बेहद बेहूदा मज़ाक़ों पर उतर आता था। जो औरत अपनी नाक पर मक्खी नहीं बैठने देती हो, वह भी उसकी भाभी या साली बनकर उसके मज़ाक़ सुनती-सहती। इतना ही नहीं, वह सदा हेड का भी दाहिना हाथ बना रहता था और इसकी आड़ में साथी महिला कर्मचारियों को तंग करता था, यानी उसे ब्लैकमेलिंग से भी कोई परहेज़ नहीं था। हैरानी तो यह थी, कि इसके बावजूद महिला कर्मचारी उसका विश्वास करतीं, उसके जाल में फँसतीं। यदि आज कोई उससे नाराज़ होती, तो कल को वही उससे गुफ़्तगू करती हुई मिलती। वह जब भी कभी हमारे साथ औरत के विषय में बात करता था, तो उसकी बातों से सिर्फ यही झलकता था, कि औरत उसके लिए महज़ जिस्म है। हम कह सकते हैं, कि वह एक ऐसा डॉक्टर था, जो मानसिक रूप से बीमार था।”

“तो क्या उसकी आत्महत्या के पीछे किसी सुंदर औरत का हाथ था?” - रमेश बड़ी जल्दी नतीजे पर पहुँचना चाह रहा था।

“मैंने कहा न, कि पता नहीं वासना या लालच। औरत उसकी कमजोरी थी। तुमने कहा सुंदर औरत; हर कोई यही सोचता है। यदि हम अपना दीन-ईमान गँवाएँगे, तो कोई सुंदर औरत तो होनी ही चाहिए... लेकिन निहालसिंह इस मामले में भी पहेली ही था। उसके लिए औरत का औरत होना ही काफी था... सुंदर, असुन्दर, उम्र में छोटी-बड़ी, उसके लिए ये बातें कोई मायने नहीं रखती थीं। यदि बात सुन्दरता की ही करें, तो उसकी घरवाली कम सुंदर और कम सुशील नहीं थी। वह दो जवान बेटियों और एक बेटे का बाप था। उस समय उसकी उम्र पैंतालीस के लगभग होगी, मगर वह दिखता तीस का था। उन्हीं दिनों उसने पच्चीस साल की एक युवती से दूसरा विवाह करवा लिया था।”

"वाह...कहानी में तो ट्विस्ट आ गया!" - रमेश ने हैरान होते हुए कहा।

"हाँ, इस घटना ने हमें भी चौंकाया था। वह अनेक औरतों से अपने संबंधों की बात हमें बताता था, जो सारे सच नहीं थे, तो सारे झूठ भी नहीं थे। वह किसी भी संबंध के लिए गंभीर नहीं था। सारे संबंध उसके लिए महज़ मन बहलावा थे और यही तो थी उसकी फ़ितरत। लेकिन अपनी फ़ितरत के विपरीत जाकर उसने शादी का फैसला क्यों लिया, यह बात हमें समझ नहीं आई। इसी घटना के कारण मैंने कहा, कि उसने ग़लती वासना के लिए की या लालच के लिए, हमें नहीं पता; लेकिन इतना पता है कि उसका पूरा परिवार उससे सहमत था। उसके बच्चे और उसके माता-पिता उसकी हाँ में हाँ मिलाते थे। पहली पत्नी ने थोड़ा विरोध किया, लेकिन उसके मायके वालों ने भी कहा, कि निहालसिंह तो महज़ काग़ज़ी विवाह करवा रहा है, विदेश जाने के लिए। ऐसा लगता था, कि उसने सब पर वशीकरण मन्त्र फूँक रखा था। हर कोई उसकी बातों पर यक़ीन करता था। वह सबसे कहता था, कि सामने वाली हवेली देखी है; उससे बड़ी हवेली होगी अपनी, बस एक बार विदेश चला जाऊँ।"

मैं इतना कहकर साँस लेने के लिए ज़रा रुका, तो रमेश बोल उठा, " क्या वह विदेश गया?"

"हाँ, वह और उसकी नई घरवाली विदेश गए। नई घरवाली पढ़ाई के लिए और वह उसके साथी के रूप में। पर जैसा वह कहता था, कि एक बार विदेशी धरती पर पाँव रखने की देर है, फिर लौटकर नहीं आएगा, अपितु अपने बच्चों को भी विदेश ले जाएगा, ऐसा कुछ नहीं हुआ। उसकी पत्नी की पढ़ाई की अवधि पूरे होते ही दोनों वापस आ गए। साल भर के वेतन को गँवाकर बुद्धू घर लौट आया था। लेकिन असली घटना तो यह घटी थी, कि देश आकर वह युवती उसके साथ रहने लगी थी; काग़ज़ी विवाह वास्तविक विवाह बन चुका था।"

“उसके बाद...?”

“कुछ समय बाद मेरा तबादला हो गया। पिछले पाँच साल से वह मेरे सम्पर्क में नहीं था, पर उस समय हम उसे कहा करते थे, कि निहालसिंह तेरा यह कारनामा तुझे महँगा पड़ेगा। वह अपने माथे पर कोई शिकन नहीं आने देता था, हालाँकि वह मानता था, कि उसकी नई घरवाली उसे पुराने घर नहीं जाने देती और वह छुप-छुपाकर अपने बच्चों से मिलने जाता है।”

“जब अब आप उसके सम्पर्क में ही नहीं, तो दावे के साथ कैसे कह सकते हो कि उसकी आत्महत्या का कारण यही है?” - रमेश ने शंका ज़ाहिर की।

“उसकी जीवन शैली, उसके हालात मुझे ये अंदाज़ा लगाने को मजबूर कर रहे हैं। अक्सर तैराक ही डूबते हैं। वह खुद को पी.एच.डी. बताता था और इस बार उसका मुक़ाबला डी.लिट. से हो गया था। उन्नीस को इक्कीस मिल गया था। उसने सोचा होगा, कि यदि विदेश सेटल हो गया तो बढ़िया, नहीं तो मौज-मस्ती ही सही। उसकी नई पत्नी जोंक की तरह उससे लिपट जाएगी, यह शायद उसने नहीं सोचा था। उसकी नई पत्नी ने उस पर पूरी तरह से क़ब्ज़ा कर लिया था। उसकी आज़ादी ख़त्म हो गई थी। उसका ए.टी.एम. भी उसकी पत्नी के पास रहता था। पुराने घर से नाता तोड़ने की सख़्त हिदायत थी। वह आशिक़ मिज़ाज था; जवान पत्नी मिल गई थी, पर इससे पुराने रिश्ते खत्म तो नहीं होते। बच्चों को कैसे भुलाया जा सकता है; नाख़ुन से मांस को अलग करना आसान तो नहीं होता।”

“ये हालात तो उसके विदेश वापसी के तुरंत बाद ही पैदा हो गए होंगे, फिर इतने सालों बाद...” - रमेश ने कहा। उसकी नज़र सुरेश के चेहरे पर थी, लेकिन ऐसा लग रहा था, कि वह कहीं खो गया हो।

“मैंने कहा न, कि वह हिम्मती था। परेशान तो वह उस समय भी था, लेकिन अपने स्वभाव के चलते उन हालात से जूझता रहा, लेकिन

चक्की के दो पाटों के बीच फँसा गेहूँ कब तक साबुत बच सकता है। उसकी बड़ी बेटी तब शादी लायक थी, पर वह आँखें मूँदे बैठा था। ऐसे कितनी देर रहा जा सकता है। दो-चार साल बाद तो विवाह की बात सोचनी ही पड़ी होगी और हमारा समाज बहुत कुछ देखता है शादी-विवाह के मामले में। जिस लड़की का बाप दूसरी औरत लिए बैठा हो, उसका रिश्ता होना इतना आसान तो नहीं; फिर आर्थिक कारण भी रहे होंगे। विवाह पर खर्च तो होता ही है। उसका वेतन ही उसकी कमाई का एकमात्र ज़रिया था, जिस पर अब उसकी नई पत्नी का क़ब्ज़ा था। अपना जी.पी.एफ़. वह विदेश जाने के चक्कर में ख़त्म कर चुका था। उसके पिताजी थोड़ा-बहुत कमाते थे, लेकिन अब उनकी उम्र भी काफ़ी हो गई होगी... दूसरा, बेटे के कारनामे का सदमा भी उन्हें ज़रूर लगा होगा। वे अकेले कैसे बोझ उठा सकते होंगे पोत्रियों की शादी का। इधर लड़कियों की शादी की चिंता निहालसिंह को भी सताती तो ज़रूर होगी।''

''यानी दो किश्तियों की सवारी ने उसे मार डाला।'' - रमेश ने बड़ी उदासी के साथ कहा।

''बिलकुल... लेकिन उसने जो किया, वो पूरे होशो-हवास में किया था और इसका नतीजा यही होना था। हम सभी उसे सचेत करते थे... लेकिन कहते हैं, कि जब गीदड़ की मौत आती है, तो वह शहर की तरफ़ भागता है। निस्संदेह निहालसिंह गीदड़ नहीं था, लेकिन उसने हालात ख़ुद चुने थे। वह शिकारी था, मगर ख़ुद शिकार हो गया था।''

''शायद यही उसकी क़िस्मत थी।'' - रमेश ने लम्बी श्वास छोड़ते हुए कहा।

''हाँ...ये कहा जा सकता है। तसल्ली देने के लिए हम ऐसे ही जुमलों का इस्तेमाल करते हैं, लेकिन हमारी ज़िंदगी जहाँ हमारी क़िस्मत के अनुसार चलती है, वहीं हमारे कारनामे भी हमारी क़िस्मत को बनाते-बिगाड़ते हैं। ज़िंदगी जीने के लिए हमने कैसी राह चुनी है,

उसी के अनुसार ज़िंदगी का अंत निश्चित होता है, फिर अति तो हर चीज़ की बुरी है। हर औरत को देखकर लार गिराना, उसकी वासना की अति थी; अच्छे वेतन को छोड़कर डॉलर के पीछे दौड़ना, उसके लालच की अति थी। अति के भंवर से कौन बाहर निकल पाया है; निहालसिंह भी कैसे निकल सकता था।''

रमेश उदास था, चुप था। मेरी आँखों में भी आँसू थे। यह चुप्पी, यह उदासी, ये आँसू निहालसिंह के लिए नहीं हो सकते; वह इसका हक़दार नहीं था। मैं उसके बच्चों के बारे में सोच रहा था; उसके बूढ़े माँ-बाप का चेहरा मेरी आँखों के सामने घूम रहा था। हमारे गुनाह अकेले हमें ही सज़ा नहीं देते, अपितु हमारे गुनाहों की सज़ा उन निर्दोषों को भी मिलती है, जो हमसे जुड़े होते हैं। निहालसिंह के गुनाहों की सज़ा भी उसके बूढ़े माँ-बाप, उसकी पहली घरवाली और उसके बच्चे भुगत रहे हैं... यही तो जिंदगी का अन्याय है। इसी अन्याय ने मेरी आँखों को नम कर दिया था। शायद यही सोच रमेश की भी थी।

15

संबल

“मम्मी, मुझे नहीं जाना खेलने, मैं नहीं जाऊँगी।” - सुनीता ने रुआँसी होते हुए अपनी माँ से कहा।

“तो अपने पिता जी से कह, मुझे नहीं पड़ना तुम्हारे झमेले में।” - कोमल ने कहा।

“मुझे पापा से डर लगता है, आप ही बात करो न प्लीज।” - सुनीता ने मिन्नत करते हुए कहा।

“चल देखती हूँ, एक बार तू स्कूल का होमवर्क तो कर।” - कोमल ने पीछा छुड़ाते हुए कहा।

सुनीता का चयन राज्य स्तरीय खेलों में हुआ था। वह शुरू से ही बहुत फुर्तीली थी। स्कूल वालों ने उसकी प्रतिभा को पहचाना और खेलों में डाल दिया। स्कूल की फ़ुटबाल की टीम बढ़िया थी, इसलिए उसे भी इसका चस्का लग गया। मिडिल कक्षाओं तक वह लड़कों के साथ खेलती थी। बॉल तो जैसे उसके पैरों के साथ चिपक जाती थी और वह उसके साथ खूब मनमानी करती हुई सबको छकाती थी। अंडर फोर्टीन में वह नेशनल खेल आई थी, जिसके कारण उसका खूब मान-सम्मान हुआ था। स्कूल में वह स्टार थी। हाईस्कूल में आने के बाद उसे अंडर सेवनटीन में खेलना था। पहले वर्ष वह राज्य स्तर तक

खेली, इस वर्ष फिर उसका राज्य स्तरीय खेलों में चयन हुआ था। सबको उम्मीद थी, कि वह इस बार नेशनल खेलेगी, लेकिन सुनीता का जोश दिनों-दिन कम होता जा रहा था। जिला स्तरीय खेलों में भी वह मन मारकर ही गई थी। उसकी कम होती रुचि माँ को नज़र आई थी। उसने अपने पति राजेश से बात भी की थी। राजेश किसान है। वह बारहवीं तक पढ़ा है। उसे इस बात पर गर्व है, कि उसकी लड़की ने इलाक़े में उसका नाम चमकाया है। पत्नी की चिंता उसे फ़ज़ूल लगी। कहने लगा, "हमने न इसे रोका है, न ही इसे खेलने को कहा है; यह अपनी मर्जी से खेलने लगी थी। दो साल पहले जब मुख्यमंत्री महोदय ने इसे सम्मानित किया था, तब कितना ख़ुश थी। अब थोड़ी बड़ी हो गई है, पहले की तरह ख़ुशी में उछलती नहीं, लेकिन इसका अर्थ यह थोड़ा है कि इसकी रुचि ख़त्म हो गई है।"

कोमल को पति की बात सही लगी थी। वैसे भी वह इन मामलों में कम ही पड़ती थी। विवाह से पहले तो वह कभी गाँव से बाहर भी नहीं गई थी। उसके गाँव में दसवीं तक का स्कूल था, तो दसवीं कर ली, इसके बाद घर के काम-धंधे में लग गई। अठारह की उम्र पार करते ही उसकी शादी कर दी गई। उसके स्कूल में लड़कियों को खिलाने का रिवाज ही नहीं था। सुनीता तो छोटी-सी उम्र में कितनी जगह घूम आई। उसे तो अब भी अकेले जाने में डर लगता है, पर पति कहते थे, अब ज़माना बदल गया है; अब लड़के-लड़कियों में कोई भेद नहीं; लड़कियों को मिले हुए मौक़ों का भरपूर लाभ उठाना चाहिए। सुनीता उठा भी रही है। वह उसे बताते थे कि सुनीता अकेली तो नहीं होती... टीम में सोलह खिलाड़ी हैं, अध्यापक भी साथ होते हैं; जिले स्तर तक तो गाँव की दो-तीन लड़कियाँ भी होती हैं। इन बातों से उसे हौसला मिलता। जब सुनीता खेलकर वापस आती थी, तो अक्सर बेहद ख़ुश होती थी, उससे बातें भी करती थी। हाँ, पिता से बहुत कम बोलती थी। वैसे भी गाँव में मर्द, चूल्हे-चौके में कम ही आते हैं; उनका काम खेत और घर के बाहरी हिस्से तक ही है। सुनीता को जो चाहिए होता था, वह उसे माँ के माध्यम से ही माँगती थी। आज भी उसने

अपनी अनिच्छा माँ को ही बताई थी। कोमल ने पहले तो इसे अनसुना करना चाहा, लेकिन जब सुनीता अपनी बात पर अड़ी ही रही, तो उसे भी चिंता हुई... आखिर माँ है वह। रात को उसने पति से बात की थी तो उसने कहा, "कुछ नहीं होता, नखरे बढ़ गए हैं इसके... इसे कहो मन लगाकर खेले; देखा नहीं, आजकल खेल वालों को कितना पैसा मिल रहा है, सरकार धड़ाधड़ नौकरी दे रही है। सेहत अच्छी है, बारहवीं पास करते ही पुलिस में नौकरी पक्की समझो।"

'हूँ...।' - कोमल ने हामी तो भरी, लेकिन वह संतुष्ट नहीं थी। उसे न जाने क्यों डर लग रहा था।

अगले दिन कोमल ने यह बात गाँव की आशा वर्कर रेखा से की। रेखा उसकी पड़ोसन थी। वह गाँव की औरतों को जागरूक करने और लाभ देने के लिए चलाई गई सरकारी योजनाओं को घर-घर पहुँचाने का कार्य करती थी। कोमल को भी कई बातें बताती थी। कुछ बातें तो ऐसी होतीं, कि कोमल को यक़ीन ही नहीं होता था। बेटी की झिझक की बात उसने रेखा को बताई, तो रेखा ने पूछा, कि तूने उससे पूछा, कि वह क्यों नहीं खेलना चाहती।

'नहीं।' - कोमल ने जवाब दिया।

"है न पागल; बेटी से बात तो करनी चाहिए थी, कहीं कुछ ऐसी-वैसी बात तो नहीं?"

"ऐसी-वैसी मतलब? ""

"अरे बुद्धू, लड़की सयानी हो गई है, कद-काठी से भी अच्छी है, ऊपर से ज़माना ख़राब।"

"पर वे कहते हैं कि सोलह लड़कियाँ होती हैं; अध्यापक भी होते हैं साथ, डर की कोई बात नहीं।"

"मानती हूँ सब, फिर भी ..."

'हूँ...' - कोमल सुन्न-सी हो गई। फिर सचेत होते हुए बोली,

"मुझे तो शायद वह बताएगी नहीं, अगर तू ही उससे बात करे तो..."

"हाँ, ये ठीक है।"

"चलो, शाम को भेजना मेरे पास।"

"ठीक है।"

"मुझे काम है, चलती हूँ।" - ये कहकर वह चली गई। सुनीता जब स्कूल से लौटी, तो उसने उससे कहा, "तुम्हारी रेखा चाची बुला रही थी तुझे, आज शाम को जाना उसके पास।"

'क्यों?'

"पता नहीं, कोई काम होगा।" - कोमल ने बात छुपाते हुए कहा।

"ठीक है।" - कहकर वह स्कूल का काम करने लगी।

शाम पाँच बजे के लगभग वह रेखा आंटी को मिलने चली गई। रेखा ने पहले तो इधर-उधर की बातें की, फिर खेल का ज़िक्र छेड़ा। बातों-ही-बातों में उसने सुनीता से यह उगलवा ही लिया, कि अब उसका मन नहीं करता खेलने को। जब उससे इसका कारण पूछा गया, तो उसने टालमटोल करना चाहा, लेकिन रेखा तो इन मामलों में धुरंधर ठहरी। उसके कुरेदने पर वह फफक-फफककर रोने लगी। उसने बताया कि उनका कोच उससे छेड़छाड़ करता है... पिछले वर्ष जिला स्तर के खेलों में वह किसी-न-किसी बहाने से उसकी छाती पर हाथ फेरता था। इस साल तो उसने एक दिन मौक़ा पाकर उसे पकड़ लिया और चूमने लगा; उसकी पैंटी में भी हाथ डाला।

जब रेखा ने कहा है, कि तुम्हारे साथ एक महिला शिक्षक भी होती है, तो उसने बताया, कि उसे तो फोन से ही फ़ुर्सत नहीं मिलती; टीम की सारी व्यवस्था पुरुष कोच ही देखता है; उसी की मर्जी से टीम का चयन होता है। वह मुझे कहता है, कि तू परवाह न कर, इस बार तुझे नेशनल खिलवा दूँगा, मगर बाहर कोई बात नहीं करनी... लेकिन

मुझे नहीं खेलना नेशनल इस तरह से।

"तूने अपनी माँ को बताई ये बात?" - सच जानते हुए भी रेखा ने पूछा।

"नहीं, मुझे डर लगता है।"

'हूँ...'

"आप भी मत बताना, लेकिन मुझे खेलने नहीं जाना।"

"क्यों न बताऊँ?"

"क्योंकि सर धमकी देते हैं, कि उनकी पहुँच बहुत दूर तक है, वह उसके परिवार का जीना दूभर कर देंगे।"

"हूँ...तू जा; कुछ नहीं होगा तुझे और तेरे परिवार को।" - रेखा ने सुनीता को हौसला बँधाते हुए कहा।

अगले दिन उसने कोमल को सारी बात बता दी। कोमल के पैरों के नीचे से ज़मीन सरक गई, चेहरे का रंग उड़ गया। रेखा ने उसे सँभाला कि इसमें सुनीता की कोई ग़लती नहीं, हमें सुनीता का साथ देना होगा।

"इससे हमारी बदनामी होगी; नहीं, हम नहीं भेजेंगे सुनीता को।" - कोमल ने हड़बड़ाहट में कहा।

"वाह... कैसी माँ है तू, जो अपनी बेटी का भविष्य खराब कर रही है।"

"तो उसे सौंप दूँ हैवान के हाथ?"

"ये किसने कहा?"

'फिर?'

"हम हैवान को सज़ा दिलाएँगे।"

“पर...”

“पर-वर कुछ नहीं दीदी, हमें जागरूक होना चाहिए; अगर तूने सुनीता से खुलकर बात की होती, उसे अपने विश्वास में लिया होता, तो समस्या इतनी न बढ़ती। सुनीता पिछले साल ही बता देती और हम उस कोच का हौसला न बढ़ने देते... पर बिगड़ा अभी भी कुछ नहीं, मैं करती हूँ इनसे बात; ये करेंगे जेठ जी से बात, हम उस हरामी को सजा दिलाकर ही रहेंगे।”

रेखा का पति महेंद्र क्लर्क है। रेखा ने अपने पति को सारी बात बता दी। उसने राजेश को बताया। राजेश तो भड़क उठा... मरने-मारने पर उतर आया। महेंद्र ने उसे शांत किया। उसे लेकर वह ज़िला कार्यालय गया। उपायुक्त महोदय को लिखित शिकायत की गई और माँग की गई कि टीम के साथ महिला कोच को भेजें। पुराने पुरुष कोच को भी उसकी ग़लत हरकत की सज़ा मिले। उपायुक्त महोदय ने विश्वास दिलाया, कि उस कोच को टीम के साथ नहीं भेजा जाएगा और उसके ख़िलाफ़ कार्यवाही भी होगी। रास्ते में उसने राजेश को समझाया, कि बच्चों की फीस भर देना, सामान ला देना मात्र ही माँ-बाप का फ़र्ज़ नहीं, अपितु प्रत्येक अभिभावक को अपने बच्चों से घुलना-मिलना चाहिए, ताकि वे अपनी समस्याएँ बेझिझक माँ-बाप को बता सकें। राजेश को अपनी ग़लती का अहसास हुआ। वह तो बेटी से ज़्यादा बात भी नहीं करता था; कोमल ही देखती थी सब कुछ। कोमल को भी रेखा समझा चुकी थी। दोनों को अपनी गलती का अहसास हो चुका था। दोनों ने अपनी गलती सुधारी... बेटी से बात की। रेखा ने सुनीता में विश्वास पैदा किया कि वह ग़लत हरकत होने पर चुप नहीं रहेगी, अपितु विरोध करेगी। माँ-बाप का संबल पाकर सुनीता फिर खिल उठी और राज्य स्तरीय खेलों की तैयारी हेतु जी-जान से जुट गई।

16

बीच का रास्ता

"आँखें फोड़ दूँगी, जो किसी ने मेरे मकान और प्लाट को बुरी नज़र से देखा!" - सुशीला ने ग़ुस्से में उबलते हुए अपनी ननद रेखा से कहा।

ननद ! यही कहा जा सकता है रेखा को। वैसे रेखा यदि उसकी ननद होती, तो सतीश उसका पति होता और अगर सतीश उसका पति होता, तो ये जो साज़िश उसके ख़िलाफ़ रची जा रही है, न रची गई होती। सतीश और सुशीला का संबंध समाज और क़ानून के नज़रिये से अवैध ही था। सतीश अमीर वर्ग का इंसान तो नहीं था, अन्यथा कहा जाता, कि सुशीला उसकी रखैल थी। वे आधुनिक दौर के लिव-इन-रिलेशन जैसी स्थिति में रहकर भी उससे भिन्न थे, क्योंकि जब चाहो बाय कहकर फुर्र हो जाने की सोच उन दोनों में किसी की न थी। वे वास्तव में पति-पत्नी ही थे, बस क़ानूनी ठप्पा या सामाजिक ठप्पा नहीं लग पाया था।

सुशीला, सतीश के दूर की रिश्तेदारी में लगते भाई की विवाहिता थी। उसका पति मोहन नशेड़ी था और सुशीला से मार-पीट करता था। एक लड़की भी पैदा हुई, लेकिन सुशीला उससे निभा नहीं पाई और बेटी को लेकर मायके आ बठी। सुशीला ने तलाक़ लेने की कोशिश की, मगर सफलता नहीं मिली। उसके माँ-बाप ग़रीब थे और वह उन

पर बोझ बनी हुई थी। इधर सतीश की शादी की उम्र निकल चुकी थी। सतीश के समाज में उस जैसे युवक की शादी हो जानी चाहिए थी, लेकिन पता नहीं क्यों उसकी शादी नहीं हुई। शायद उसके बड़े भाइयों ने प्रयास नहीं किया। उसके माँ-बाप तो बचपन में ही ग़ुजर गए थे और वह भाइयों पर आश्रित था। वह शुरू से ही फक्कड़ क़िस्म का लड़का था। बचपन में ही ताश का उच्च दर्जे का खिलाड़ी और जवानी में आकर जुआरी बन गया। पैसे से उसे कोई मोह नहीं था, इसलिए बेधड़क खेलता था और बहुधा जीत जाता था। कम जिगरे वाले लोग उससे खेलने का पंगा नहीं लेते थे। उसने कितने जीते, कितने हारे, इसका अंदाज़ा उसे देखकर नहीं लगाया जा सकता था। वह सदा ही साधारण से कुरते-पाजामे और बाथरूम चप्पल में रहता। उसने कोई बड़ी जीत हासिल की है, इसका अंदाज़ा इस बात से होता था, कि वह ज़रूरतमन्दों पर कितने पैसे लुटा रहा है। जब जीत जाता, तो सब बाँट देता और जब हार जाता, तो खाली हाथ ख़ुश। अपनी इसी नेकदिली के चलते उसे सुशीला पर तरस आ गया, क्योंकि सुशीला और मोहन की शादी, सतीश की भाभी ने करवाई थी, इसलिए उसका आना-जाना भी वहाँ था। वह उसका सहारा बन गया।

शुरू में वह सिर्फ सहारा बना, या उसने सुशीला में जीवनसाथी देखा, इस बारे में निश्चित रूप से कुछ कहा नहीं जा सकता। सुशीला जब गाँव में आई, तो आस-पडोस के लोगों ने खूब फब्तियाँ कसी। सुशीला गर्म-मिज़ाज की औरत थी। सतीश तो सब सुन चुप कर जाता, लेकिन वह लड़ने पर उतारू हो जाती। वक्त बीता, तो सुशीला भी इस मुद्दे पर चुप्पी साधने लगी। कुछ समय बाद तो उसके बढ़े हुए पेट ने मामला स्पष्ट कर ही दिया। निम्न मध्यवर्गीय परिवारों में जहाँ लड़के अविवाहित रह जाते हैं, कोई औरत लाकर रख लेना बड़ी बात नहीं; बहुत से तो औरत ख़रीदकर भी लाते हैं... ऐसे में समाज ने इसे सहर्ष स्वीकार कर लिया। फब्तियों का दौर समाप्त हो गया और गाड़ी पटरी पर आ गई। सतीश के घर बेटे ने जन्म लिया, जिसका जश्न मनाया गया। बेटी को स्कूल में दाख़िला दिलवाया, तो पिता के कॉलम में

अपना नाम लिखवाया। बिना किसी आधार के ले-देकर राशन-कार्ड में पत्नी के कॉलम में सुशीला दर्ज हो गई और फिर इसी आधार पर वोट और आधार कार्ड बन गया। सुशीला ने घर-गृहस्थी को सँभाल लिया, छोटी-सी दुकान घर में चला ली। सतीश भी काफी हद तक गृहस्थ हो गया। उसने जुआ खेलना कम कर दिया था। वह शहर से दुकान का सामान लाता, कभी-कभी दुकान पर बैठता, बच्चों को सँभालता। कुल मिलाकर जीवन शांत और सुखमयी ढंग से चल पड़ा। लेकिन ज़िंदगी में एकरसता कब रहती है... खासकर सुशीला इतनी भाग्यवान कहाँ। अगर वह भाग्यवान होती, तो पहला पति ही ठीक मिला होता। पहले पति से तंग आकर तो वह मायके बैठी थी। अब पति ठीक मिला था, तो क़िस्मत ने मज़ाक़ कर दिया। सतीश के साथ हँसते-खेलते दिन शायद भगवान को अच्छे नहीं लगे, तभी उसने असमय ही सतीश को अपने पास बुला लिया।

सतीश का अंतिम संस्कार होते ही उसके बड़े भाइयों द्वारा सतीश के गाँव के मकान और शहर के प्लाट पर क़ब्ज़ा जमाने की अफवाहें सुशीला तक पहुँचने लगी थीं। कहा जा रहा था कि सुशीला सतीश की पत्नी नहीं है, इसलिए उसकी जायदाद पर उसका कोई अधिकार नहीं। मोहन की पत्नी होते हुए भी वह वोटर-राशन कार्ड में सुशील की पत्नी बनी हुई है, यह चार सौ बीसी है और इसकी सज़ा भी उसको मिल सकती है। सुशीला का हौसला बँधाने वाले भी बहुत लोग थे, जिनमें कुछ सच में हिमायती थे, तो कुछ महज़ तमाशबीन थे। लोग कह रहे थे, कि तू बेफ़िक्र रह, हम तेरे साथ हैं, मगर सुशीला अंदर से डरी हुई थी। कोर्ट-कचहरी के लफड़े से परिचित थी... वह भुक्तभोगी थी। उसके हिमायती ही उसे मोहन से तलाक़ दिलवा रहे थे। वकीलों ने उसे दोनों हाथों से लूटा था। जितना उसके पास था, सब गँवाकर, वह ख़ाली हाथ लौट आई थी। इस बार उसे अपना पक्ष भी कमज़ोर लग रहा था। लेकिन लोग उसे उकसा रहे थे कि तू सतीश की पत्नी न सही, छोटू तो सतीश का अंश है; उसके जन्म प्रमाण पत्र पर पिता के कॉलम में सतीश का नाम है। ये बातें सुनकर कभी हौसला बँधता, तो कभी ये

बातें महज़ काग़जी लगतीं। जैसे-तैसे दसवाँ हुआ।

जैसा उसे डर था, वैसा ही हुआ। दसवें के बाद उसकी ननद, उसके जेठों का संदेशा लेकर आ गई। संदेश धमकीपूर्ण ही था, इसी पर वह घायल शेरनी की तरह दहाड़ी... मगर उसकी दहाड़ भोथरी थी। वह रेखा को बिठाकर चाय बनाने चली गई और जब चाय बनाकर लौटी तो फफक-फफककर रोने लगी। रेखा ने उसे सांत्वना दी - "रो नहीं भाभी, सब ठीक हो जाएगा।"

"भाभी भी कहती हो और उजाड़ना भी चाहती हो।"

"मैं तुझे उजाड़ना नहीं चाहती, मैं तो बस भाइयों का संदेश लाई हूँ; मुझे नहीं चाहिए तेरी जायदाद में हिस्सा।" - रेखा ने सहानुभूति जताते हुए कहा।

"भाभी, क्या हुआ हमने शादी नहीं करवाई, लेकिन सब जानते हैं, कि हम पति-पत्नी थे, यह छोटू उनकी निशानी है... उनकी जायदाद पर मेरा हक़ न सही, छोटू का तो है, अपने भतीजे पर तो तरस खाएँ वे।" - सुशीला ने अपना तर्क रखा।

"मैंने तो उन्हें समझाया था, लेकिन उनकी आँखों पर लालच की पट्टी बँधी है; वे सब क़ानूनबाज़ बनते हैं। कहते हैं, तू कौन-सा उसकी पत्नी है, तेरे सारे काग़ज़ात फ़रज़ी हैं। अगर उन्होंने कोर्ट में कार्रवाई की, तो जायदाद तो जाएगी ही, तू भी जेल की चक्की पीसेगी। वे तो जायदाद चाहते हैं और कुछ नहीं, इसलिए मुझे संदेश देकर भेजा है, कि अगर सीधे-सीधे मकान-प्लाट न छोड़ा, तो उन्हें मजबूरन कोर्ट में जाना पड़ेगा, फिर नुक़्सान ज़्यादा होगा।"

"उनके कहने से क्या होता है दीदी; कहने को तो लोग मुझे भी कहते हैं, कि कोर्ट में चली जाऊँ। कोर्ट में सच नहीं जीतता, दलीलें जीतती हैं; दलीलों के लिए अच्छे वकील की ज़रूरत है। उन्हें भी वकील करना होगा और मुझे भी। दोनों अपना घर लुटाएँगे। इतनी आसानी से हाथ से मैं कुछ जाने नहीं दूँगी।" - सुशीला ने मज़बूती

दिखाते हुए कहा।

सुशीला के जेठों को इसका अंदेशा न हो, ऐसा नहीं था। उन्हें पता था, कि मकान पर सुशीला का क़ब्ज़ा है, इसे छुड़ाना तो बहुत मुश्किल है; गाँव वाले भी अकेली औरत की तरफ़दारी करेंगे। शहर वाले प्लाट पर उनकी नज़रें थीं, लेकिन यदि बात कोर्ट में पहुँची, तो न जाने कितने साल लग जाएँ, इसीलिए पहले सुशीला को डराने के लिए आस-पड़ोस में माहौल बनाया गया, फिर रेखा को भेजा गया। आशंका को सच में बदलते देख रेखा ने रुख नर्म करते हुए कहा - "फिर तू ही बता, हल क्या है इसका?"

"मेरे पति की जायदाद पर मेरा हक़ है, इसमें किसी को एतराज क्यों हो?" - सुशीला ने दृढ़ता से कहा।

"वे तुझे सतीश की पत्नी मानें तो!" - रेखा ने फिर वही सवाल दोहराया।

"फिर तो बात कचहरी में ही निपटेगी; लेकिन मैं कोर्ट-कचहरी के पचड़ों में पड़ना नहीं चाहती, इसलिए आप सबके पाँव पड़ने को तैयार हूँ, कि मुझ बेबस को बर्बाद न करो; मैं इन दो नन्हीं जानों को लेकर कहाँ जाऊँगी?" - सुशीला ने थोड़ा नर्म होते हुए कहा।

"मैं समझती हूँ भाभी, लेकिन वे नहीं समझते; लालच बुरी बला है।" - रेखा ने शराफ़त का नक़ाब ओढ़ते हुए कहा।

"पर इंसानियत भी कोई चीज़ होती है दीदी।"

"मैंने कब कहा कि नहीं होती; मैं तो बस इतना कर सकती हूँ, कि ये मकान तुझे दिलवा दूँ... शहर वाला प्लाट तो वो किसी भी हालत में नहीं छोड़ेंगे।" - रेखा ने अपने आने के मक़सद को स्पष्ट करते हुए कहा। सुशीला के जेठों का असली उद्देश्य यही था। गाँव का मकान छीनने का डर दिखाकर ही इस बात पर लाया जा सकता था। सिर से छत का उठ जाना सबसे बड़ा खतरा था। हालाँकि वे जानते थे, कि न छत छीनना आसान है, न प्लाट; मगर क़ानूनी रूप से सुशीला का पक्ष

भी मज़बूत नहीं, इसलिए वह डर सकती है। डर दिखाकर लोहा गर्म किया और सही वक्त पाकर रेखा ने प्रहार किया, यही उनकी चाल थी। सुशीला की आँखें बीच का रास्ता पाकर चमक उठीं। प्लाट की क़ीमत तो ज्यादा थी, लेकिन फ़िलहाल उससे कोई आमदनी नहीं हो रही थी। गाँव के मकान में दो पक्के कमरे थे। उनके आगे बरामदा था, रसोई-बाथरूम थे, खुला आँगन था; आँगन में छायादार नीम का पेड़ था, घर के कोने पर दुकान थी। घर न सिर्फ छत का कार्य कर रहा था, अपितु आमदनी का भी साधन था। यूँ तो उसका सतीश की पूरी जायदाद पर हक़ था, लेकिन उसे इस समाज का पता था। जो उसका साथ देने की बात कह रहे थे, वे कितना साथ देंगे और साथ देंगे, तो क्या-क्या क़ीमत वसूलेंगे, यह वह जानती थी। अदालतों के लटकते न्याय की वह भुक्तभोगी थी। भागते चोर की लँगोटी ही सही, की सोच उसके दिमाग़ में कौंधी।

उसका पहला मसला सिर पर छत होना था और दूसरा मसला दो जून की रोटी का जुगाड़। इस मकान और मकान के अंदर चल रही दुकान से वह स्वाभिमान से जी सकती थी। उसके दोनों मसले हल हो रहे थे। उसने झट से रेखा के पैरों में गिरते हुए कहा, ‘‘मुझे मंज़ूर है।’’

रेखा ने उसे उठाते हुए कहा, ‘‘तो मेरा भी वायदा है कि मैं तेरे सिर से छत नहीं छिनने दूँगी।’’

रेखा के होंठों पर मुस्कराहट तैर गई। उधर सुशीला की आँसूमयी आँखें भी रौशनी से चमक रही थीं। बीच के रास्ते ने भले उसका हक़ नहीं दिलाया था, मगर उसे लुटने से बचा लिया था। वह हारकर भी बेरहम दुनिया में तार-तार होने से बच गई थी।

17

प्रदूषण

ग्रीष्म ऋतु कब की बीत चुकी थी और सर्दी धीरे-धीरे अपना रंग दिखाने लगी थी। आरंभिक सर्दी का प्रभाव सुबह-सुबह ही अधिक होता है और दफ़्तर या स्कूल-कॉलेज जाने वाले लोगों को इसका सामना बस-स्टैंड या रेलवे स्टेशन के खुले वातावरण में करना ही पड़ता है।

उस दिन मैं भी क़स्बे के बस स्टैंड पर खड़ा, बस का इन्तज़ार कर रहा था। और भी कई लोग थे, जिनमें कुछ स्वेटर आदि पहने हुए थे, तो कुछ बिना स्वेटर के होने के कारण ठंड से ठिठुर रहे थे। कुछ युवक इधर-उधर घूम रहे थे, शेष सभी अपने-अपने ग्रुप्स में अपनी-अपनी बातों में मग्न थे... किसी दूसरे की तरफ़ ध्यान देने की फ़ुर्सत किसी के पास नहीं थी। तभी एक जवान लड़की बस स्टैंड पर आई। औरत का औरत होना ही पुरुषों के लिए आकर्षण की बात है... और अगर औरत जवान भी हो तो कहना ही क्या। उस लड़की में ये दोनों बातें तो थी ही, साथ-ही-साथ उसमें एक तीसरी बात भी थीं, जो न सिर्फ पुरुषों को, बल्कि वहाँ मौजूद औरतों को भी उसकी ओर देखने के लिए विवश कर रही थी, वह बात थी - उसका पहनावा। उसने अपने लगभग पाँच फुट के शरीर में से, वक्षस्थल से लेकर जाँघों तक के बमुश्किल दो फुट के हिस्से को ढका हुआ था... शेष तीन फुट शरीर उसने ठंड से ठिठुरते लोगों को गर्मी देने के लिए नंगा छोड़ रखा था। वह स्वयं तो जवानी की गर्मी से ही सर्दी के साथ संघर्ष कर रही थी। बस स्टैंड पर खड़े लोगों ने

उसकी दरियादिली का आनन्द लूटने के लिए अपनी बातों को स्थगित कर दिया था। युवक तो उसके इर्द-गिर्द ऐसे चक्कर लगा रहे थे, जैसे गुड़ पर मक्खियाँ भिनभिनाती हैं... या कहें कि किसी पशु के मृत शरीर के ऊपर गिद्ध और कौवे चक्कर लगा रहे हों।

तभी मेरी बस आ गई। इत्तिफ़ाक़ से वह भी उसी बस का इन्तज़ार कर रही थी। उस बस पर जाने वाले सभी लोग बस की तरफ़ लपके। देखते-ही-देखते बस भर गई। जब तक वह बस पर चढ़ी, तब तक सीटों पर बैठने के लिए कोई स्थान न था। वह बस के बीचों-बीच खड़ी हो गई। बस में पहले से मौजूद सवारियाँ भी उसे बड़े ग़ौर से देख रही थीं। वह सूर्य बनी हुई थी और लोगों की आँखें, ग्रहों की भाँति उसके सिर से पाँव तक घूम रही थीं। ऐसा नहीं कि वह इन सब बातों से अनजान हो... बल्कि वह जानती थी कि सभी लोग उसकी तरफ देख रहे हैं; सिर्फ देख ही नहीं रहे, अपितु घूर रहे हैं। प्रौढ़ उसकी उद्दंडता के लिए और मनचले युवक उसकी सुन्दरता या अर्द्धनग्नता के लिए। इतना होने पर भी मुस्कराहट उसके होंठों पर विराजमान थी। शायद वह जश्न मना रही थी अपनी स्वतन्त्रता का और आधुनिकता के नाम पर मज़ाक़ उड़ा रही थी, भारतीय सभ्यता और संस्कृति का।

बस में भीड़ धीरे-धीरे बढ़ रही थी। उसका बस में खड़े होना युवकों के लिए सौभाग्य की बात थी और भीड़ का बढ़ना, सोने पर सुहागा हो गया। ज्यों-ज्यों भीड़ बढ़ रही थी, त्यों-त्यों युवक, बादलों की भाँति, सूर्य बनी उस युवती की तरफ़ बढ़ रहे थे और प्रयास कर रहे थे उसे पूरी तरह अपने आग़ोश में भर लेने की। थोड़ी ही देर बाद यह सूर्य, कुछ बादलों को छोड़कर, शेष सवारियों के लिए ओझल हो गया और जो कुछ बादल थे, वे सूर्य के इतने क़रीब आ चुके थे, कि उसे साँस लेना भी दुश्वार हो गया था। बादलों में छुपे इस सूर्य के चेहरे पर तब कितने रंग आ रहे थे, कितने जा रहे थे, यह कोई नहीं जानता था, क्योंकि किसी को क्या लेना था उस सूर्य से और उस सूर्य की चिंता करके। भले ही सभी ने पहले आँखों को सेंकने का आनन्द लूटा था, लेकिन भीड़ के बढ़ने के साथ ही वे यह सोचकर पुनः अपने विषयों पर

लौट आए थे, कि अब आसमान मेघाच्छादित है और जब तक मौसम साफ़ नहीं हो जाता, तब तक सूर्य के दिखने की कोई संभावना नहीं। हाँ, बस में कुछ ऐसी सौभाग्यशाली सवारियाँ भी थीं, जिन्हें बीच-बीच में सूर्य की झलक दिखाई दे जाती थी... शेष सभी सवारियाँ बादलों के छँटने का इन्तज़ार कर रही थीं।

अभी कुछ ही समय बीता था, कि सवारियों को उसी जगह से चीख़ सुनाई दी, जहाँ सूर्य उपस्थित था। इस चीख़ ने बादलों को तितर-बितर कर दिया और बस की अधिकांश सवारियाँ एक बार फिर उस सूर्य को देख पाने में सफल हुईं। लेकिन अब उसके चेहरे पर पहले जैसी मंद-मंद मुस्कान न थी, अपितु उसकी आँखें आँसुओं से लबालब थीं। कुछ हमदर्दी जताने वालों और कुछ तमाशबीनों के पूछने पर, कि क्या हुआ? उसने सिर्फ इतना उत्तर दिया - "ये लड़के मुझे तंग कर रहे हैं।" अब प्रश्नों की नई बौछार पड़ी, "वे तुम्हें कैसे तंग कर रहे थे?", "उन्होंने तुम्हारे साथ क्या किया?" इन सब प्रश्नों के उत्तर देने की बजाय, वह मुँह लटकाए अपने आप में सिमटने लगी। बस में बैठी सवारियों में से कुछ लड़की को कोस रहे थे, तो कुछ 'तंग कर रहे हैं,' की अपने-अपने ढंग से व्याख्या कर रहे थे। उन युवकों से भी पूछताछ ज़ारी थी, लेकिन इस पूछताछ का उद्देश्य भी वही था, जो लड़की से पूछताछ करने का था।

मैं भी अभी, सभी के साथ इस घटना की विस्तृत जानकारी प्राप्त करने में मग्न था, कि मेरा पड़ाव आ गया। विवश होकर मुझे उतरना पड़ा, लेकिन अब तक मुझे अपने सहकर्मियों को सुनाने के लिए एक चटपटी खबर मिल चुकी थी, जो मैंने उन्हें चटखारे ले-लेकर सुनाई और उन्होंने भी चटखारे ले-लेकर सुनी।

ज़िंदगी में जो घटनाएँ पहली-पहली बार रंगीन लगती हैं, वही वक्त बीतने पर रंगहीन हो जाती हैं। मैं यह रोमांचक कहानी अपनी जान-पहचान के सभी लोगों को सुना चुका था, इसलिए इस प्रसंग का अंत हो जाना स्वाभाविक ही था। व्यस्तता, ज़िंदगी का सबसे बड़ा गुण है। रोज़मर्रा के कामों में उलझकर मैं इस प्रसंग को भूल चुका था, तभी छुट्टी

के एक दिन मेरे दोस्त सुधीर ने मुझसे कहा - "चलो रमेश, आज स्कूल चलते हैं, वहाँ बच्चों की भाषण प्रतियोगिता है।"

मैं वहाँ जाना नहीं चाहता था, क्योंकि भाषणों की नीरसता और कोरी सैद्धान्तिकता मेरे लिए असहनीय है। भले ही बच्चों के भाषणों में उतनी सैद्धान्तिकता और नीरसता होने की संभावना नहीं थी, जितनी कि बड़े-बड़े नेताओं और विद्वानों के भाषणों में होती है, फिर भी भाषण तो भाषण होते हैं। लेकिन मैं दोस्त के आग्रह को टाल नहीं सका। दरअसल सुधीर का बेटा इस प्रतियोगिता में भाग ले रहा था, शायद इसी कारण वह भी नीरस भाषणों को सुनने के लिए तैयार था। स्कूल में जाकर पता चला, कि भाषण का विषय है - 'प्रदूषण'। किशोर बालक विभिन्न प्रकार के प्रदूषणों पर अपने-अपने विचार प्रकट कर रहे थे...वे इनके कारणों, हानियों और इनकी रोकथाम के उपायों के बारे में विस्तारपूर्वक बोल रहे थे। ये सब बातें हमारी लिए नई नहीं थीं, फिर भी किशोर बालकों की जोशपूर्ण बातों को सुनते-सुनते हम संजीदा हो गए। शायद संजीदगी को कम करने और भाषणों द्वारा उत्पन्न सुस्ती को उतारने के लिए सुधीर ने चुटकी ली - "लगता है सब कुछ प्रदूषित हो चुका है।"

इस बात ने मुझ पर ऐसा वज्र प्रहार किया, जिसके लिए मैं कदापि तैयार न था। मैं ऐसा भी सोच सकता हूँ, मैंने पहले कभी सोचा न था; लेकिन अब तक तो मैं सोच चुका था। मेरी आँखों के सामने बार-बार वही बस वाली घटना घूम रही थी। मुझे नफ़रत होने लगी थी उस लड़की से, जो आधुनिकता के नाम पर नग्नता परोस रही थी। मुझे ग़ुस्सा आ रहा था उन युवकों पर, जो अकेली लड़की को सता रहे थे। मुझे शर्म आ रही थी अपने आप पर, कि क्यों मैंने उनकी घटिया हरकतों में रस लिया। इन सब बातों ने मुझे परेशान कर दिया। मेरा अंतर्मन चीख-चीखकर कह रहा था - "हाँ, हाँ, सब कुछ प्रदूषित हो चुका है! मानव भी प्रदूषित हो चुका है और मानवता भी... और इस प्रदूषण ने सभ्यता और संस्कृति सबके पाँव उखाड़ फेंके हैं।"

18

फिसलन

“क्या हुआ दीदी ! बड़ी गुमसुम-सी बैठी हो।” - निधि ने सुधा को अकेले किसी सोच में डूबी देखकर, उसके पास बैठते हुए कहा।

“नहीं, कुछ नहीं; ज़िंदगी बस चलती रहती है, हिचकोले खाते हुए।” - सुधा ने तन्द्रा से जागते हुए दार्शनिक अंदाज़ में कहा।

“घर में झगड़ा हुआ है क्या?”

“अरे नहीं यार, तू हर बार ऐसा ही क्यों सोचती है।”

“बस यही लगता है, कि घर में जब झगड़ा होता है, तभी आदमी उदास-उदास, खोया-खोया होता है, वरना यह ज़िंदगी तो चहकने के लिए है।” - निधि ने कुर्सी की पीठ पर पीठ टिकाते हुए बाँहें खुले आसमान की तरफ फैला दी। उसका चेहरा ख़ुशी से दमक उठा।

“तू तो ख़ुश है न मेरी लाडो।” - सुधा ने प्यार जताते हुए कहा।

“तुम्हें पता तो है दीदी, मैं तो सदा यूँ ही चहकती रहती हूँ, चिड़िया की तरह... मगर आपका कभी-कभी यूँ उदास हो जाना अच्छा नहीं लगता; बताओ तो सही, आज क्या हुआ, जो फिर चेहरे पर बारह बजे हुए हैं।” - निधि वापस धरातल पर लौटते हुए बोली।

“कहा न कुछ ख़ास नहीं।”

“कुछ ख़ास नहीं, यानी कुछ तो हुआ है; घर में झगड़ा नहीं हुआ, तो ज़रूर सुदेश से लफड़ा हुआ होगा।”

“नहीं, ऐसी कोई बात नहीं।”

“ये भी बात नहीं, वो भी बात नहीं, फिर उखड़ी-उखड़ी-सी क्यों हो?”

“बस यही सोच रही थी, कि सारे मर्द एक से होते हैं।”

“ओह...दार्शनिकता का दौरा पड़ा है; चलो फिर तो आपका ग़ुबार निकलवाना ही होगा... बताओ विस्तार से मर्द कैसे होते हैं।”

“बड़े मज़ाक़ सूझते हैं तुझे; जब सिर पर पड़ेगी, तब जानोगी।”

“अभी जानना चाहती हूँ ज्ञान की बातें... चलो बताओ, कैसे होते हैं मर्द।” - निधि ने खड़े होकर सुधा के गले में बाँहें डाल दी और झुककर उसकी नज़रों से नज़र मिलाते हुए कहा।

“जिस्म के भूखे, जिन्हें न प्यार की क़द्र होती है, न भावनाओं की।” - सुधा ने निधि की आँखों में आँखें डालते हुए शब्दों को चबा-चबाकर कहा और उसकी बाँहों को गले से उतारते हुए उसे सामने बिठा लिया।

“तुम भी दीदी... कभी-कभी बैकवर्ड लोगों जैसी बातें करनी लगती हो।” - निधि ने बैठते हुए कहा। उसने अपनी नज़रें सुधा पर टिका दी। सुधा को चुप देखकर वह फिर बोली - “क्या प्रेम, शरीर के बिना हो सकता है दीदी?” - सुधा, मेज पर उँगली से कुछ खरोंच रही थी। उसे ऊपर न देखते देखकर निधि ने अपनी नज़रें सुधा से हटाकर दूर क्षितिज की तरफ लगा दी। उसके चेहरे पर मस्ती तैर रही थी और इसी मस्ती में वह कहने लगी - “जिसे प्रेम कर लिया, उससे क्या छुपाना, क्या बचाना; जब प्रेम करो सब खो दो, जब मिटा दिया ख़ुद को, तभी तो मिलता है प्रेम।”

“पागल है तू; तू नहीं जानती इस ज़ालिम ज़माने को... नया-नया

प्रेम हुआ है न तुझे, तभी ये शायरी सूझ रही है, कुछ दिन बाद पूछूँगी।'' - सुधा ने सचेत होते हुए कहा।

''पूछ लेना, पूछ लेना, मैं कहीं भागी नहीं जा रही, पर पहले यह बताओ, कि आज के इस ब्रह्म ज्ञान का राज क्या है?''

''वही, जो हर बार होता है।''

''यानी ब्रेकअप!''

''नहीं, अभी तक नहीं, मगर सुदेश ने अगर यूँ ही ज़िद ठाने रखी तो...।'' - सोच के कुँए में धँसते हुए उसने अपनी बात को अधूरा ही छोड़ दिया।

''ऐसे कितने दोस्त बदलोगी, किसी एक पर मन टिकाती क्यों नहीं? थोड़ा सैक्रीफाइस तो करना ही पड़ता है। उम्र में आपसे बहुत छोटी हूँ, लेकिन इतना तो जानती ही हूँ, कि प्यार सैक्रिफाइस का ही दूसरा नाम है; अगर हम हर बात अपनी ही मनवाएँगे, तो कैसे निभेगा प्यार, कैसे निभेगी दोस्ती। अब हमीं को लो, पिछले चार महीने से प्यार में हैं, एक बार भी तकरार नहीं हुआ और आपका दो महीने बाद ही ...''

''तुम दोनों तो सिंगल हो, मगर हम तो नहीं ...''

''अगर मैरीड होना ही समस्या है, तो क्यों झंझट मोल लेती हो, रहो पतिव्रता बनकर... ये भी नहीं करना, वो भी नहीं करना।'' - निधि के लहजे में तल्ख़ी थी।

''जब तेरी शादी को दस-बारह साल हो जाएँगे, तब पूछूँगी, क्यों मोल लेने पड़ते हैं ऐसे झंझट।'' - सुधा ने मुस्कराते हुए माहौल को हल्का किया।

''क्या है ऐसा शादी में, जो शादी के बाद पति-पत्नी दोस्त बनकर नहीं रह पाते? क्यों...!''

निधि अपनी बात पूरी करती, इससे पहले ही उसका फोन आ गया। "लो, शैतान को याद किया, शैतान हाज़िर।" कहकर उसने काल अटेंड की और खड़े होकर बातें करते हुए पार्क की तरफ निकल गई। सुधा को पता था कि यह उसके प्रेमी विवेक का फोन है। सुधा और निधि एक ही दफ़्तर में कार्यरत हैं, दोनों की खूब पटती है; एक-दूसरे का कोई राज़ उनसे छिपा नहीं। दिन भर क्या किया, किससे मिलीं, क्या बातें कीं, क्या खाया, क्या पिया, सब, जब तक एक-दूसरे को बता न दें, उनको चैन नहीं पड़ता। उम्र के हिसाब से निधि, सुधा से कोई पन्द्रह वर्ष छोटी होगी, लगभग पच्चीस-छब्बीस साल की जबकि सुधा चालीस को पार कर चुकी है। निधि, विवेक से प्यार करती है। विवेक इसी शहर की एक मल्टीनैशनल कम्पनी में काम करता है। पिछले साल ही उनकी मुलाक़ात हुई थी। पहले जान-पहचान हुई, फिर दोस्ती हुई और अब दोनों एक-दूसरे पर जान देते हैं। दोनों रोज़ घंटों बातें करते हैं; हफ्ते-दस दिनों बाद मिलते भी हैं। सुधा बड़ी होने के नाते अक्सर उसे समझाती है -

"देख निधि, पुरुषों पर एक सीमा से अधिक ऐतबार नहीं करना चाहिए।"

लेकिन निधि पर तो प्यार का भूत सवार है। वह आगे से हर बार यही जवाब देती है - "दीदी, वो प्यार ही कैसा, जिसकी कोई सीमा हो।"

वह सुधा को आश्वस्त भी करती, कि विवेक बहुत प्यारा इंसान है। कभी-कभी वह सुधा को चिढ़ाते हुए कहती - "दीदी, मुझे लगता है, कि अगर आप उससे दो-चार बार मिल लें, तो आप भी अपने सुदेश को भूल, उसी पर लट्टू हो जाएँ।"

"और वह?" - सुधा जान-बूझकर प्रश्न करती है।

"होना तो नहीं चाहिए, लेकिन मेरी दीदी भी कम थोड़े ही है, ऐसे में हो भी सकता है।"

"यही तो तुझे समझाती हूँ पगली।"

"हम्म... मगर इससे क्या होता है, मुझसे वो बेवफ़ाई कभी नहीं करेगा, मेरा दिल यही कहता है।" - यह कहकर निधि बात टाल जाती।

वैसे निधि ने सुधा से मिलवाया था विवेक को। औपचारिक मिलन में अच्छा ही लगा था। यूँ तो अच्छे ही होते हैं मर्द... अगर अच्छे न हों, तो क्यों फँसें औरतें इनके जाल में। लेकिन अंदर से सब खोटे। ये बात भी वह समझाती थी निधि को, मगर निधि कहती थी, कि दीदी तुम तो सनकी हो, देखना जल्द ही हम शादी कर लेंगे; हमारा एक छोटा-सा घर होगा, दो बच्चे होंगे - एक बेटी, एक बेटा और हमारी ज़िंदगी में कभी कोई तीसरा नहीं आएगा।

निधि जब भी तीसरे की बात करती थी, तो सुधा को लगता था, जैसे किसी ने उसकी दुखती रग पर हाथ रख दिया हो। लेकिन वह जानती थी कि निधि यह उसके लिए नहीं कहती... यह तो हर अविवाहित लड़की का सपना होता है। उसका सपना भी तो ऐसा ही था। लेकिन सपने तो आखिर सपने ही होते हैं; काँच के सपने। जीवन की पथरीली राहों पर ये काँच के सपने ज्यादा देर कब टिकते हैं। सुधा के नहीं टिके, इसीलिए वह चाहती है कि निधि न देखे ऐसे सपने।

सुधा मॉडर्न औरत है, लेकिन ज़िंदगी के अनुभवों ने उसे बताया है, कि पुरुष को औरत का सिर्फ जिस्म चाहिए... वो पुरुष पति हो, प्रेमी हो, दोस्त हो, कुछ फ़र्क नहीं पड़ता। वैसे सुधा के घरेलू संबंध सामान्य हैं। उसका पति नीरज, दुनिया की नज़र में अच्छा पति है, सुधा भी उसे बुरा नहीं कहती। वह दिन भर अपने कामों में उलझा रहता है। इन उलझनों के बीच नीरज ने पिछली बार कब प्यार भरे बोल सुधा को बोले थे, सुधा को याद नहीं। उनकी ज़िंदगी यंत्रवत चल रही है। साथ रहते हैं, साथ सोते हैं, लेकिन सुधा को लगता है, कि वह साथ जी नहीं रहे। नीरज का हर वक्त दफ़्तर के कामों में उलझे रहना उसे अच्छा नहीं लगता, हालाँकि वह जानती है, कि इस महानगर में रहने के लिए

दिन-रात की मेहनत ज़रूरी है। सुधा पहले नौकरी नहीं करती थी... एक तो बच्चे छोटे थे, दूसरा उसे इसकी ज़रूरत महसूस नहीं हुई थी। लेकिन अकेलेपन की बोरियत से उकताकर उसने नौकरी ज्वाइन कर ली। वह अपने आपको व्यस्त कर लेना चाहती थी, ताकि उसके मन में नीरज से प्रेम माँगने के ख़याल न उठें। नौकरी पाकर वह व्यस्त हुई भी, लेकिन व्यस्तता के कारण प्यार की भूख कम नहीं हुई, अपितु और बढ़ गई। अब उसे लगता था, कि कभी तो नीरज उसके माथे को चूमकर उसकी दिन-भर की थकान को छू-मंतर कर दे। कभी छुट्टी के दिन वे बिस्तर पर बैठे-बैठे ढेरों बातें करें, हँसी-मजाक करें। कभी वह उसके बालों में उँगलियों से कंघी करे, कभी बालक बन गोद में लेट जाए। कभी बिस्तर में बैठे-बैठे चाय की चुस्कियों में वे सिर्फ एक-दूसरे को देखें; न वे बोलें, न मैं बोलूँ। लेकिन नीरज यह सब नहीं करता था। पहली बात तो उसके पास समय ही नहीं था, दूसरी बात वह इन्हें चोंचले कहता था, जो उसे फ़िज़ूल लगते थे। छुट्टी के दिन देर तक सोना उसे अच्छा लगता था। ऐसे में, अकेलेपन को दूर करने के लिए, सुधा सोशल मीडिया की शरण में चली गई। अनेक दोस्तों से चैटिंग करते-करते वह सच्चे दोस्त की तलाश में निकल पड़ी। महेश उसे ऐसा ही दोस्त लगा। दोनों फ़ुर्सत के पलों में ढेरों बातें करते। एक-दूसरे के दुखों पर सांत्वना की मरहम लगाते। धीरे-धीरे दोनों में नज़दीकियाँ बढ़ीं। महेश ने उससे मिलने का आग्रह किया। थोड़ी झिझक के बाद उसने हाँ कर दी, क्योंकि वह भी प्यार के पलों को जीना चाहती थी। शुरूआत में उसे वैसा प्यार मिला भी, जैसे प्यार की माँग उसने नीरज से की थी। अब महेश कहता, कि उससे एक पल की दूरी भी सही नहीं जाती। वह अब सारी हदें तोड़ देना चाहता था। सुधा कभी पीछे हटती, तो कभी उसे लगता, कि कहीं उसकी न के कारण वह महेश को खो न दे। हल्की-फुलकी ना-नुकर चलती रही, लेकिन वह महेश के, आगे बढ़ते क़दमों को रोक नहीं पाई और आखिर में रूह की ख़ुराक देने वाला दोस्त, शरीर की ख़ुराक पाकर ही माना। सुधा भी इस संबंध में पूरी तरह डूब चुकी थी। जिस्म से रूह तक प्रेम-ही-प्रेम था। वह अब

हवा में उड़ती थी, लेकिन प्यार का ग्राफ जिस गति से ऊपर चढ़ा था, उससे दुगुनी रफ़्तार से नीचे आने लगा। सुधा को लगता, महेश अब पहले जैसा प्यार नहीं करता... वह भी नीरज बनता जा रहा था। वह शरीर की भूख के लिए मिलने लगा था और भूख मिटाते ही ग़ायब हो जाता। सुधा सोचती, यह सब तो नीरज के साथ भी चल रहा है। वह तो चुलबुला प्यार चाहती थी; देह से पार का प्यार और इसीलिए उसने पराए मर्द को देह सौंपी थी। लेकिन वह भी अब देह तक सिमट रहा था। सिर्फ देह तक सिमटा प्यार उसे नहीं चाहिए था। अब दोनों में नोंक-झोंक होने लगी थी। यदि वह उसके किसी मैसेज का रिप्लाई न करता, तो वह उससे लड़ने लग जाती। दिनों-दिन तकरार बढ़ती गई और आखिर में महेश ने ये कहकर उससे किनारा कर लिया, कि इतने नखरे ही सहने हैं, तो उसके भी घरवाली है, बाहर भी कोई कमी नहीं। सुधा के लिए यह बड़ा झटका था। उसे पहली बार अहसास हुआ कि महेश की नज़र में वह महज रखैल थी। इस झटके से वह बहुत दिनों तक उबर नहीं पाई। कुछ दिन तक तो उसने फोन को हाथ तक नहीं लगाया- फिर सोचा, सिर्फ महिलाओं से दोस्ती करेगी, लेकिन महिलाओं के ग्रुप में वही घरेलू किच-किच। मिक्स ग्रुप में हल्के-फुल्के मज़ाक़ होते थे, तो कोई-न-कोई पुरुष पर्सनल चैटिंग पर आ जाता। इग्नोर करती थी, तो ग्रुप में गँवार कहलाती थी। तभी उसने निर्णय लिया, कि वह पुरुषों से सिर्फ चैटिंग तक संबंध रखेगी। दूध से जली सुधा, छाछ को भी फूँक-फूँककर पीना चाहती थी। बड़े लम्बे इन्तज़ार के बाद उसने नितिन को हरी झंडी दिखाई। जल्द ही दोनों खूब घुल-मिल गए। हँसी-मज़ाक़, चुटकुले, अंतरंग बातें, प्यार जताती शायरी का दौर शुरू हुआ। वीडियो कॉलिंग होने लगी। कई बार नितिन बातों-ही-बातों में ज़्यादा कामुक हो जाता था। सुधा, तब किनारा कर जाती। इसके बाद उसने भी मिलने की ज़िद की। इस बार सुधा बहुत देर तक न मिलने के फैसले पर अडिग रही... लेकिन जब लगा, कि रिश्ता टूटने के कगार पर है, तो उसने हाँ कर दी, लेकिन मन-ही-मन एक सीमा भी निर्धारित कर दी, जिसके आगे वह नितिन को नहीं जाने

देगी। नितिन, सुधा की उस सीमा को तोड़ने का लगातार प्रयास करता रहा; कुछ हद तक तोड़ भी पाया, लेकिन वह सुधा की देह को न पा सका, क्योंकि सुधा अपनी ग़लती दोहराना नहीं चाहती थी। परन्तु सुधा की ज़िद का परिणाम यह निकला कि नितिन उससे किनारा कर गया।

नितिन से ब्रेकअप ने सुधा को विचलित तो किया, लेकिन पहले जितना नहीं। इसके बाद भी दो और दोस्त इसी मुकाम पर आकर साथ छोड़ गए। अब सुदेश भी मिलने की ज़िद ठाने हुए था। सुधा हर टूटते रिश्ते के साथ मज़बूत हुई थी। वह अपनी सीमा पर न सिर्फ अडिग रहने में सफल हुई थी, अपितु हर बार वह पिछली बार से कम दूरी तय करके रिश्ते को रोक देती थी। वह सुदेश को भी समझाती थी, कि मिलने-जुलने का दौर शुरू होते ही उनकी दोस्ती दोस्ती नहीं रहेगी, लेकिन सुदेश था कि मानने को तैयार नहीं था। वह सिर्फ एक बार मिलना चाहता था, हाथों में हाथ डाल, आँखों में आँखें डाल, एकांत में बैठना चाहता था। उसने विश्वास दिलाया था, कि वह इससे आगे नहीं बढ़ेगा, लेकिन सुधा का अनुभव बता रहा था, कि हाथों में हाथ डालकर बैठने से शुरू हुई मुलाक़ात, होंठों में होंठ डाले बिना ख़त्म नहीं होगी। फिर दूसरी मुलाक़ात की माँग होगी, फिर तीसरी...

"नहीं, मैं सुदेश को आज साफ़ इंकार कर दूँगी और अगर उसने ज़्यादा ही ज़िद की, तो पिछले दो दोस्तों की तरह उसे भी ब्लॉक कर दूँगी।" - सुधा ने सोच के चक्कर से बाहर निकलते हुए ख़ुद से कहा।

यह फ़ैसला आसान नहीं था, लेकिन सुधा यह पहले भी कर चुकी थी और हर बार उसकी उदासी के पल पहले से कम होते थे। वह बड़ी जल्दी उबरने में सक्षम हो चुकी थी, फिर नए दोस्त मिलना भी कोई मुश्किल नहीं था। उसे हर पुरुष लार टपकाता हुआ दिखता था। हँसी-मजाक और दिल बहलाने वाली दोस्ती कभी भी, किसी से भी की जा सकती थी।

ब्रेक ऑवर खत्म होने को था। निधि बातें करती-करती दूर चली

गई थी। घड़ी को देखते हुए उसने पर्स से पैसे निकालकर कैंटीन वाले का बिल अदा किया। तभी निधि भी वापस आती हुई दिखाई दी। वह धीरे-धीरे, क़दमों को लगभग घसीटते हुए आ रही थी। जाते समय उसके क़दमों में जो पर लगे हुए थे, वे अब झड़ चुके थे। उसका चेहरा उतरा हुआ था। पास आकर वह धड़ाम से कुर्सी पर गिर पड़ी।

"क्या हुआ निधि, तू रुआँसी क्यों है? झगड़ा हुआ क्या?" - सुधा ने उसके कंधे पर हाथ रखते हुए पूछा।

"दीदी, तुम सही कहती थी।" - यह कहते ही निधि सुबक पड़ी।

"चुप कर पगली, क्यों मज़ाक़ बनवा रही है ख़ुद का, सब देख रहे हैं।" - सुधा ने उसे सँभालते हुए कहा।

"मगर विवेक ..." - उसने आँसू तो पोंछ लिए, लेकिन शब्द गले में ही अटक गए।

"हुआ क्या है?" - सुधा ने उसे कंधे से लगाते हुए कहा।

"वह शादी से इंकार कर रहा है; उसने आज इसीलिए फोन किया था। वह कह रहा था, कि इस रविवार वह जब घर गया था, तो घरवालों ने उसकी सगाई कर दी। उसने तो सगाई कर ली दीदी, मगर मैं...।"

"तूने कहा नहीं उसे कुछ।"

"कहा...खूब लड़कर आई हूँ; मगर आखिर में उसने सॉरी कहकर फोन काट दिया।"

"हूँ...।" - लंबी साँस लेते हुए सुधा ने कहा, इसी का डर था मुझे, मगर तुझ पर तो इश्क़ का भूत सवार था।

"हाँ, मगर दीदी मैं अब क्या करूँ, मैं तो लुट गई; मैंने तो उसे अपना सर्वस्व दे डाला था।"

"जानती हूँ सब; बस इतना बता कि कोई निशानी तो नहीं बचा

रखी उसकी...?"

'मतलब?'

"उसकी अमानत तो नहीं पल रही पेट में...?"

"नहीं होनी चाहिए, हम प्रिकॉशंस...।"

"चलो, इतना तो विवेक रखा, तेरे विवेक ने, बस भूल जा उसे; इस बात की भाप भी नहीं निकलने देनी। सबके दोस्त होते हैं यहाँ, तेरा भी था... दोस्ती टूटी, बात ख़त्म; बस आगे से ग़लती न करना।"

"मगर दीदी...।"

"अगर-मगर छोड़, कुछ नहीं हुआ; कोई मोहर नहीं लग गई तुझ पर। यदि उसे लेकर रोएगी, तो बदनाम हो जाएगी। अपने-आप को सँभाल। शादी करवानी है अभी तुझे। तेरे राज खुल गए तो महँगे पड़ेंगे, क्योंकि शादी की बात आते ही मर्द बड़े पुराने ख़यालों के हो जाते हैं। बस समझ सपना था, रात गई, बात गई... अब आगे से ध्यान रखना। मुझसे आज ही कह रही थी न, कि किसी एक दोस्त पर टिकती क्यों नहीं? बस इसीलिए, कि ये दोस्त बड़ी जल्दी शरीर तक पहुँच जाते हैं और शरीर हासिल करते ही औरत को आम की गुठली की तरह फेंक देते हैं। मैं बन चुकी हूँ चुसा हुआ आम, लेकिन अब नहीं बनूँगी। यही सलाह तुझे देती थी, मगर तू आदर्शवादी बनी फिरती थी, कि प्रेम में सब कुछ समर्पित करना पड़ता है। हम तो कर देती हैं समर्पित, लेकिन सामने वाला...।" - सुधा, कुर्सी से खड़ी हो गई। उसने निधि को भी सहारा दिया। ब्रेक ऑवर समाप्त हो चुका था। दोनों दफ़्तर की तरफ़ चल पड़ीं। चलते-चलते सुधा, निधि को समझा रही थी - "अब आगे से ध्यान रखना; बचाना ख़ुद को भेड़ियों का शिकार बनने से।"

निधि पहली बार बड़ी गंभीरता से सुधा की बातें सुन रही है। आज उसके क़दमों में ऐसी सजगता है, जैसे कोई फिसलन भरी राह पर चलना सीख रहा हो।

19

गुनहगार

"नहीं नहीं, मैंने कुछ नहीं किया!"

"कुछ नहीं किया! अरे, तूने तो सरेआम क़त्ल किया है नैतिकता का। "'

"लेकिन वो मेरी मजबूरी थी।"

"मजबूरी? कैसी मजबूरी?"

"वहाँ नैतिकता का पालन करना मेरे चरित्र और करियर दोनों के लिए घातक सिद्ध हो सकता था।"

"तुम्हारे चरित्र और करियर के लिए?"

"हाँ, मेरे चरित्र और करियर के लिए।"

"वो कैसे?"

"यह समाज भले ही पुरुष प्रधान कहलाता हो, लेकिन आज के दौर में पुरुषों को औरतों से बचकर रहना पड़ता है; जब हालात इतने नाजुक हों, तब मेरा उस लड़की के पास रुकना, उसे लिफ़्ट देना, ख़तरे से ख़ाली कैसे था?"

"खतरा! अरे, वह लडकी तो ख़ुद मुसीबत में फँसी हुई थी,

भला उससे तुम्हें क्या ख़तरा हो सकता था... वह बेचारी तुम्हारा क्या बिगाड़ सकती थी?''

''क्या भरोसा है कि वह सचमुच में मुसीबत में फँसी हुई थी या...''

''वह ख़ुद कह तो रही थी।''

''उसके कहने से क्या होता है।''

''क्यों? क्या उस पर विश्वास नहीं किया जा सकता?''

''विश्वास? जिसे हम जानते ही नहीं, उस पर विश्वास कैसा!''

''उसका चेहरा भी तो बता रहा था कि वह वास्तव में ही मजबूर है।''

''चेहरा? नक़ाबों के दौर में चेहरे पढ़ने की ग़लती तो कोई मनोवैज्ञानिक भी नहीं कर सकता, फिर भला मैं कैसे विश्वास करता और क्यों करता?''

''चलो माना, कि वह मजबूर नहीं थी, फिर भी उसे लिफ़्ट देने में हर्ज़ क्या था?''

''हर्ज़ क्यों नहीं था? मैं भी जवान था, वह भी जवान थी और जिस जगह वह मुझे मिली थी, वह एक सुनसान जगह थी; ऐसे में, मेरा उसके पास एक पल भी रुकना मुझे बदनाम कर सकता था।''

''तुम्हारे कहने का मतलब है कि जवान लड़कियाँ इतनी बुरी होती हैं कि उनके पास रुकना मात्र ही बदनामी का कारण है?''

''नहीं, मैं यह नहीं कह रहा हूँ; मगर उस अनजान लड़की के पास रुकना बदनामी का कारण ज़रूर बन सकता था।''

''क्यों, ऐसा क्या था उस लड़की में, जिसके कारण तुम डरे हुए हो?''

“क्या था, यह तो मैं नहीं जानता, लेकिन आजकल के माहौल को देखते हुए, यह संभावना ज़रूर थी, कि वह लुटेरों के किसी गिरोह की सदस्य हो या फिर ख़ुद ही आवारा किस्म की लड़की हो, जो पहले मासूमियत दिखाकर लोगों की सहानुभूति प्राप्त करती हो और बाद में ब्लैकमेल करके धन ऐंठती हो। “’

“क्या ऐसा भी हो सकता है?”

“हो सकता है नहीं, बल्कि होता है और अनेक लोग ऐसी ख़ूबसूरत और चालाक औरतों के जाल में फँसकर अपने पैसे, कपड़े, जूते आदि जो भी पास होता है, वह सब गँवा बैठते हैं और अगर कोई विरोध करता है, तो यह लड़कियाँ सती-सावित्री का ढोंग करके, समाज की ऐसी सहानुभूति पाती हैं, कि राम-सा पुरुष, रावण या दुःशासन सिद्ध हो जाता है।”

“यदि ऐसा होता है, तो तुमने ठीक किया, लेकिन ...”

“लेकिन-वेकिन छोड़ो, यहाँ पर ऐसी घटनाएँ रोज ही होती हैं, ऐसी बातों पर ज्यादा सोचना ठीक नहीं।”

इन तर्कों के सहारे मैंने अपने दिल को चुप कराया। यह मेरा दिल ही था, जो मुझे नैतिकता का पाठ पढ़ा रहा था, कि मुझे अनजाने रास्ते पर मिली अनजान लड़की की मदद करनी चाहिए थी। उस लड़की की आँखों में आँसू थे, कपड़े पसीने से तर-ब-तर थे, वह हाँफ भी रही थी; लगता था, कि वह काफी दूर से भागकर आई थी। सड़क के बीचो-बीच आकर उसने मुझे गाड़ी रोकने के लिए विवश कर दिया था और बड़ी मिन्नतें करते हुए कहा था - “मुझे शहर तक ले जाएँ, क्योंकि मेरे पीछे कुछ गुंडे पड़े हुए हैं, जो मेरी इज़्ज़त लूटना चाहते हैं, मैं छुपते-छुपाते बड़ी मुश्किल से यहाँ तक आई हूँ; अगर आप मुझे शहर तक पहुँचा दें, तो मैं बच जाऊँगी।”

उसकी दशा देखकर, उसकी बातों से पसीजकर, मेरा दिल मेरे दिमाग़ से बग़ावत कर बैठा था। वह मुझे बार-बार कह रहा था, कि इस

बेचारी मजबूर लड़की पर तरस खाओ, इसकी मदद करो! लेकिन दिमाग़ इससे सहमत नहीं था और मैंने दिमाग़ की बात मानते हुए, उस हाथ जोड़े खड़ी लड़की को बड़ी मुश्किल से दूर धकेलते हुए, गाड़ी चला दी। मेरा दिल मुझे बार-बार कोस रहा था, कि तूने ग़लत किया है, तूने नैतिकता का कत्ल किया है! लेकिन मेरा दिमाग़ उसकी बात सुनने को तैयार नहीं था। बस दिल के कहने पर मैंने एक बार शीशे से पीछे देखा ज़रूर... वह रोती-बिलखती हुई, हताश होकर वहीं बैठ गई थी। दिल ने मुझे फिर कहा, अब भी अपनी ग़लती सुधार ले और लौटकर उसकी मदद कर, मगर दिमाग़ नहीं माना। मैंने गुमसुम-सा होकर गाड़ी की गति तेज़ कर दी।

मेरा सारा दिन तनाव में बीता और मैं बड़ी मुश्किल से अपने दिल को समझा पाया था, कि ऐसी औरतों पर विश्वास करना ख़तरे से ख़ाली नहीं। मेरा दिल मेरे तर्कों से चुप तो हो गया था, लेकिन शायद वह संतुष्ट नहीं हुआ था। दो दिन बाद जब मैंने समाचार-पत्र में ख़बर का शीर्षक - 'सामूहिक बलात्कार के बाद हत्या' पढ़ा, तो मेरा दिल उछलकर मेरे सामने आ खड़ा हुआ। मैंने जल्दी-जल्दी पूरी ख़बर पढ़ी। लड़की की लाश सड़क के पास पेड़ों के झुरमुट में से मिली थी, और यह वही स्थान था, जहाँ मुझे वह लड़की मिली थी। मेरी आँखों के सामने उस रोती-बिलखती बेबस लड़की की तस्वीर घूमने लगी। मेरा दिल मुझे झकझोरते हुए कह रहा था - "क्यों... मैंने तुझसे कहा था न, कि वह लड़की मासूम है और अगर तूने उस शरीफ़ लड़की की मदद की होती, उस पर तरस खाया होता, तो उसकी इज़्ज़त भी बच गई होती और वह ख़ुद भी; तूने उसकी मदद न करके गुनाह किया है। जिन दरिंदों ने उस बेचारी को नोच-नोचकर मार डाला, उनसे बड़ा गुनहगार तू है! असली गुनहगार तू है!"

एक क्षण के लिए मुझे लगा "हाँ, मैं गुनहगार हूँ"। एक क्षण के लिए मेरा दिमाग़ मेरे दिल से सहमत हो गया, लेकिन अगले ही क्षण वह फिर अपने तर्कों के साथ उपस्थित था। उसके पास कई उदाहरण थे। मैं सोच रहा था, कि अगर वह शरीफ़ न होकर शराफ़त का ढोंग

रचने वाली कोई आवारा लड़की होती, तो क्या होता? संभवतः मैं लुट गया होता। संभवतः अगले दिन के समाचार पत्र की सुर्खी होती - 'सुनसान जगह पर एक बदमाश ने एक मासूम लड़की से बलात्कार करने की कोशिश की।' ऐसी दशा में पूरा समाज मेरे पीछे पड़ जाता; मीडिया, मसाला लगा-लगाकर इस ख़बर को सुनाता, काल्पनिक वीडियो बना-बनाकर दिखाता; महिलाएँ आन्दोलन करती हुई सड़कों पर उतर आतीं। मैं तो सलाखों के पीछे होता ही, मेरे बीवी-बच्चों का जीना भी दूभर हो गया होता। मैं तो बस यह बात सोचकर उसकी मदद किये बिना उसे बीच रास्ते अकेला छोड़ आया था, कि अपनी सुरक्षा अधिक ज़रूरी है। मैंने तो सिर्फ औरत के उस स्त्रीत्व से अपना बचाव किया था, जिसे कुछ बुरी औरतों ने अपना हथियार बना रखा है। मैंने तो समाज और मीडिया के उस रूप से अपना बचाव किया था, जो सिर्फ एक पहलू को ही देखता है और इस बचाव में अगर किसी शरीफ़ लड़की की इज़्ज़त लुट गई, ज़िन्दगी चली गई, तो इसमें मेरा क्या गुनाह है?

मैं इस क़िस्से को महज इत्तफ़ाक़ कहकर भूलने की जितनी कोशिश कर रहा हूँ, मेरा दिल इसे उतना ही याद दिला रहा है; मानवता, नैतिकता की दुहाई दे रहा है और बार-बार दिल और दिमाग़ में युद्ध छिड़ रहा है। मेरे भीतर एक द्वंद्व खड़ा हो गया है, क्योंकि यदि मेरा दिल सही है, तो ग़लत मेरा दिमाग़ भी नहीं। आदमीयत के नाते, नैतिकता के नाते, अगर दिल सही है, तो मौजूदा हालात को देखते हुए दिमाग़ भी सही है। मेरा दिल और मेरा दिमाग़, दोनों सही हैं, इसलिए एक अनुत्तरित सवाल मेरे सामने मुँह बाए खड़ा है - 'क्या मैं गुनहगार हूँ?'

20

सुहागरात

मीनू का पारा चढ़ा हुआ था। शायद वह कहीं से लड़कर आई थी। आते ही आंटी ने उसे मुकेश को साथ ले जाने को कहा। दाँत पीसते हुए वह मुकेश को पीछे आने का इशारा करके आगे चल पड़ी। वह मुकेश को कमरे में ले जाती है। मुकेश, कमरे में आकर बेड पर बैठ जाता है। मीनू, कमरे का दरवाज़ा बंद करते हुए बड़बड़ा रही है, "क्या हमारे पास दिल नहीं होता? क्या हम सिर्फ जिस्म हैं? क्यों दुनिया हमें बस हवस मिटाने का साधन समझती है?"

"तूने ख़ुद चुना है ये धंधा, फिर शिकवा क्यों?" - मुकेश ने मीनू की बड़बड़ाहट सुनकर कहा।

"ख़ुद चुना है? कैसा मज़ाक करते हो तुम; ऐसी अपमान भरी ज़िंदगी कोई क्यों चुनेगा? ये तो मुक़द्दर का खेल है या फिर अपनों की दग़ाबाज़ियाँ, जिसने पल-पल मरने को मजबूर किया हुआ है।" - मीनू ने बेड पर बैठते हुए कहा।

"किन अपनों ने दग़ाबाज़ी की है तेरे साथ?"

"तू ये पूछ, किसने नहीं की।"

"तो बता।" - मुकेश ने बात को आगे बढ़ाया।

“क्या तुमने यही पूछने के लिए पैसे खर्च किए हैं?” - मीनू की आवाज़ में व्यंग्य था।

“नहीं, पर रात बहुत लम्बी है; अपने पास बहुत समय है... मैं तेरी बातें सुन भी सकता हूँ और अपने पैसों की क़ीमत वसूल भी कर सकता हूँ।”

“पर तुझे क्यों जानना है ये सब? तू कोई पत्रकार तो नहीं? तू किस मक़सद से आया है यहाँ?” - मीनू ने सचेत होते हुए कहा।

“नहीं, नहीं... तू डर मत, मैं कोई पत्रकार नहीं हूँ, न कोई जासूसी करना मेरा मक़सद है; मैंने तो बस तेरी सुन्दरता के चर्चे सुने थे, बस उसी सुन्दरता का आनन्द मनाने के मक़सद से आया हूँ।”

“फिर इस सुन्दरता का लुत्फ़ क्यों नहीं उठाता, क्यों फ़ालतू की बातों में उलझा हुआ है?”

“सुन्दरता का आनन्द तो उठाना ही है; पर हम इंसान हैं, मशीन तो नहीं... बातों से थोड़ी जान-पहचान हो जाएगी, फिर जिस्म का खेल आनन्ददायक हो जाएगा।”

“तू बड़ा अजीब आदमी लगता है मुझे ...।” - मीनू ने हँसते हुए कहा और तुरंत गंभीर होकर बोली, “पर तू कहता सही है।”

मीनू लम्बी साँस छोड़ते हुए खड़ी हुई। मेज पर पड़े जग में से पानी का गिलास भरकर पानी पिया और फिर वापस बेड पर बैठते हुए बोली, “पर हमें अब कोई आनन्द नहीं आता; यहाँ आने वाले सब जल्दी में होते हैं... सब के सब भूखे, जिस्म के भूखे, आते ही टूट पड़ते हैं और भूख मिटाते ही फुर्र हो जाते हैं। किसी को आनन्द आया या नहीं, कोई ज़िक्र नहीं करता। दरअसल किसी से इतना सम्पर्क ही कहाँ होता है हमारा। न हमें कोई ज़रूरत होती है, न सामने वाले के पास समय। इस धंधे में जब से आई हूँ, तू मुझे मिला पहला व्यक्ति है, जिसे कोई जल्दी नहीं। तूने पूरी रात के पैसे खर्चे हैं, जबकि लोग घंटे के पैसे देते हैं। पूरी रात के पैसे खर्च कर जब कोई हमें होटल लेकर

जाता है, तो पाँच-छह आदमी तो होते ही हैं, भले ही हमें दो-तीन कहा जाता है... पर हम आदी हो चुकीं हैं इन बातों की। हमें पता होता है, कि रात का मतलब है आठ घंटे और इस दौरान हमें जिस्म और रूह दोनों को छलनी करवाना होता है।''

''तेरी बातें सुनकर मेरी नज़रों में तेरी तस्वीर कुछ अलग तरह की बनती जा रही है।''

''कैसी तस्वीर?''

''पता नहीं, पर वह एक वेश्या की नहीं है; क्या तू मुझे अपना अतीत बता सकती है?''

''हा...हा...हा...'' - मीनू बनावटी-सी हँसी हँसती है। कुछ भी तो नहीं बताने लायक अब; बस अंटी का ये अड्डा ही मेरा अतीत, वर्तमान और भविष्य है। पाँच साल से यहाँ पर हूँ... हर रात अपने जिस्म को हैवानों के आगे खुद को नोचवाने के लिए फेंकती हूँ, हवस के पुजारियों से अपना बलात्कार ख़ुद करवाती हूँ।''

''फिर तू यहाँ से चली क्यों नहीं जाती?''

''ये रास्ता एकतरफ़ा है; लड़कियाँ इस धंधे में आ सकती हैं, पर इस धंधे से बाहर जा नहीं सकतीं।''

''तू कैसे आई इस धंधे में?''

''बड़ा ज़िद्दी हैं; क्या ये पूछना ज़रूरी है? तू क्यों नहीं अपने पैसे वसूलता, क्यों मुझे भूला हुआ वक्त याद करवाने पर तुला हुआ है?''

मुकेश, मीनू को अपनी गोद में खींच लेता है और बड़े प्यार से उसकी पीठ सहलाते हुए कहता है, ''तुझे मेरे पैसों की इतनी चिंता क्यों है? चिंता न कर, जो यहाँ आया है, वो ब्रह्मचारी तो होगा नहीं; मैं क़ीमत वसूलूँगा, पर तुझे देखकर; तेरी बातें सुनकर लगता है, कि तू अच्छे ख़ानदान की लड़की है। तूने ख़ुद ही कहा, कि तेरे अपनों की दग़ाबाज़ियों के कारण तू यहाँ है; ये दुनिया है ही ऐसी... मैं जानना

चाहता हूँ, कि किस-किस ने दग़ाबाज़ी की है तुझसे।''

''क्या तू उनसे बदला लेगा?'' - मीनू ने ज़ोर का ठहाका लगाते हुए कहा।

''नहीं, पर मेरी इच्छा है इसे जानने की।''

''क्या करेगा जानकर?'' - मीनू फिर गंभीर हो गई।

''सबके अपने दग़ाबाज़ी करते हैं; कई बार दूसरों के अनुभव आपकी ज़िंदगी आसान बना देते हैं। मुझे कोई समाज सुधारक मत समझ लेना, मैं भी दुनिया के तमाम लोगों की तरह स्वार्थी हूँ, मैं भी अपनी भूख मिटा रहा हूँ। लोगों को सिर्फ जिस्मानी भूख होती है, जबकि मुझे जिस्म की भूख के साथ-साथ मानसिक भूख भी है, मुझे दोनों मिटानी हैं, इसी कारण तेरे साथ बातें कर रहा हूँ, तुझसे सवाल कर रहा हूँ, तुझे जानने की कोशिश कर रहा हूँ। तू बता, अपने लिए न सही, मेरे लिए ही... तू ऐसे समझ, कुछ क़ीमत मैं इस तरह से वसूलूँगा।''

मीनू, मुकेश के गले से लिपट जाती है। बड़े दिनों के बाद आज उसका जिस्म होश में आया है। आज वह ख़ुद को मुकेश को सौंपने को ख़ुशी-ख़ुशी तैयार है। मुकेश उसे प्यार से चूमता है, उसके बालों में हाथ घुमाता है, उसकी आँखों से आँखें मिलाता है। मीनू की आँखों में आँसू भर आते हैं। मुकेश बड़े प्यार से उसकी आँखें पोंछता है। मीनू अब अपना अतीत उसे सुनाने लगती है। वह कहती है, ''वह एक अच्छे परिवार की लड़की है। उसका दाखिला बढ़िया स्कूल में करवाया गया था, लेकिन उसके माँ-बाप की आपस में बनती नहीं थी। कुछ समय बाद दोनों ने अलग-अलग रहने का फैसला लिया। तलाक़ के बाद मेरी माँ ने दूसरी शादी कर ली। मैं अपनी माँ के साथ नए घर आ गई। यहाँ भी मेरा दाख़िला बढ़िया स्कूल में करवाया गया। शुरू में सब ठीक रहा, लेकिन मेरे हुस्न ने मुझे बर्बाद कर दिया। मेरी चढ़ती जवानी ने मेरे सौतेले पिता की नीयत ख़राब कर दी। मौक़ा पाकर वह मेरी

इज़्ज़त लूट लेता है... कच्ची कली को खिलने से पहले ही मसल दिया जाता है। मुझे बाली उम्र में ही ज़िंदगी का कड़वा घूँट भरना पड़ता है। माँ सब कुछ जानते भी चुप रहती है। पता नहीं वह मजबूर थी या इसके पीछे उसका भी कोई स्वार्थ था। हाँ, अब वह मेरी शादी जल्दी करवाने की फ़िराक़ में थी। सौतेले पिता को इस बात में कोई दिलचस्पी नहीं थी। इन हालात में, मेरी शादी ऐसे परिवार में कर दी जाती है, जो किसी भी स्तर पर हमारे मुक़ाबले का नहीं था। घर तो घर, पति भी मेरे लिए एक और कड़वी घूँट था। वह अनपढ़ और माँ का पिछलग्गू था, रोज़ मारपीट करता था। ऐसे हालात में मैंने एक ऐसा क़दम उठा लिया, जो मेरे लिए घातक सिद्ध हुआ। मुझे पड़ोस के एक लड़के से प्यार हो गया। मैं उसके साथ घर से भाग गई। कुछ दिन अच्छे बीते, लेकिन जल्द ही उस लड़के का दिल भी मुझसे भर गया और वह मुझे दलाल के पास बेच गया। दलाल मुझे अंटी के पास बेच गया। उस दिन के बाद मैं महज जिस्म हूँ... न मुझे किसी पर एतबार है, न कोई तमन्ना है; पर आज फिर लगता है, कि मीनू फिर ज़िंदा हो गई है, पर...?''

''पर क्या?''

''तूने अच्छा नहीं किया; तूने मर चुके दिल को फिर ज़िंदा कर दिया है, इसको फिर मारना होगा।''

''तू ख़ुद ही तो कह रही थी, कि क्या हमारे पास दिल नहीं होता? क्या हम सिर्फ जिस्म हैं?''

''वो तो दो पल का ग़ुबार था; पर अब यह दो पल का ग़ुबार नहीं रहा।''

''आते समय तू बड़े ग़ुस्से में थी, क्या बात थी?'' - मुकेश ने बात को बदलते हुए कहा।

''मैंने बताया तो है, कि जब कोई हमें होटल लेकर जाता है, तो कहा जाता है, कि दो-तीन आदमी हैं... और अक्सर इससे ज्यादा ही

होते हैं। वैसे यह सामान्य बात है, पर आज वहशियत की हद हो गई। आज सारा दिन मैं होटल में एक अमीरजादे और उसके पाँच दोस्तों की भूख मिटा रही थी। उन सभी ने जवानी में कदम रखा ही था और वे बी.एफ. से प्राप्त अनुभवों को मुझ पर आज़मा रहे थे। बड़ी मुश्किल से मुक़र्रर वक्त पूरा करके आई थी। आते ही पता चला, कि पूरी रात बुक है। उस पल तो यह लगा था, कि रात को भी सोना नसीब नहीं होगा, पर अब लगता है, कि ऐसी रात का जागरण तो मैं रोज़ कर सकती हूँ, यह तो सुहागरात है।''

'सुहागरात?' - मुकेश ने हैरान होकर पूछा।

''आज पहली बार किसी ने मेरे दिल की बात को सुना है, मेरे दर्द को समझा है; जिस रात में ऐसा प्यार मिले, वो सुहागरात नहीं तो और क्या है।''

बातें करते-करते वे जिस्म के खेल में उतर जाते हैं। आज मीनू अपना बलात्कार नहीं करवा रही, बल्कि वो एक सुहागन बनी हुई है। परन्तु पहले की रातें जहाँ बहुत लम्बी होती थीं, वहीं आज की रात बड़ी तेज़ी से बीत जाती है... लगता है, जैसे वक्त को पर लग गए हों। सवेरा हो जाता है। मुकेश को अब जाना है। वह कपड़े पहनने लगता है। मीनू उठकर उसके गले से लिपट जाती है। वह उससे उसके बारे में पूछती है। मुकेश बताता है, कि वह भी ज़िंदगी के दुखों से दुखी है; उसका घर है, परिवार है, बच्चे हैं; पर दुःख हैं कि पीछा नहीं छोड़ते। वह मीनू की पकड़ को ढीला करते हुए कहता है, ''देख मीनू, यह मत सोचना, कि मैं तुझे इस दलदल से बाहर निकाल लूँगा; मैं समाज सुधारक नहीं, बल्कि परिवार वाला हूँ... अगर परिवार वाला न भी होता, तो भी तुझे यहाँ से न निकाल पाता, मुझमें इतनी दिलेरी नहीं है।''

मीनू फिर ज़ोर से गले से लिपट जाती है और कहती है, ''मुझे अब इस दलदल से बाहर निकलना भी नहीं। बाहर कौन-सा समतल मैदान है, बाहर भी तो दलदल ही है। क्या भरोसा है, कि आगे धोखे नहीं मिलेंगे। मैं अब इस दलदल की आदी हो चुकी हूँ, बस एक ही

इल्तिजा है...'' - मीनू ने मिन्नत करते हुए मुकेश से कहा। मुकेश इस बात को सुनते ही भीतर तक काँप उठा। अंदर के डर को छुपाते हुए वह बोला, 'बता!'

''तू कभी-कभार आ जाया करना या मुझे बुला लिया करना; ज्यादा नहीं तो महीने में एक बार। रात की क़ीमत का आधा हिस्सा मेरा होता है और आधा अंटी का; तू सिर्फ अंटी का हिस्सा दे दिया करना। अगर वो भी न दे सके, तो कोई बात नहीं, वो मैं दे दिया करूँगी। मैंने पैसे जोड़कर कौन-से महल बनाने हैं, कपड़े ही खरीदने होते हैं, एक साड़ी कम ले लूँगी, पर तेरे साथ गुज़ारी रात मुझे इतना सुकून देगी, कि मैं दुखों को आसानी से सह लूँगी।''

मुकेश की घबराहट खत्म हो जाती है। हालाँकि उसने स्पष्ट कह दिया था, कि वह उसे दलदल से बाहर नहीं निकाल सकता, फिर भी इल्तिजा की बात सुनकर उसे लगा था, कि वह उससे कुछ ऐसा न माँग ले, जिसे वह पूरा न कर सके। वैसे वह बाध्य नहीं था; कोरा जवाब दे सकता था... मगर रात भर में बने रिश्ते के बाद, वह कोरा जवाब देकर ख़ुद को नीचे नहीं गिराना चाहता था। मीनू की इल्तिजा सुनकर उसे तसल्ली होती है। अब वह भी मीनू को गर्मजोशी से गले से लगा लेता है।

21

मैं बेवफ़ा ही सही

सुधा ने कमरा बंद करके धड़कते दिल के साथ मोहित का पत्र खोला। यह पत्र आज उसे उसकी सहेली नेहा पकड़ाकर गई थी। इसका उत्तर वह कल देगी, ऐसा कहकर उसने नेहा को वापस भेज दिया था। फुर्सत मिलते ही, वह अपने कमरे में आ गई और आकर पत्र पढ़ने लगी।

~~प्यारी~~ सुधा!

प्यारी लिखकर इसलिए काट रहा हूँ, क्योंकि तुम अब प्यारी तो रही नहीं। यूँ तो मैं यह शब्द लिखना ही नहीं चाहता था, मगर हाथ आदत से ठीक वैसे ही मजबूर है, जैसे दिल तुझे याद करने के लिए मजबूर है। दिमाग़ तो कहता था, कि तुझे पत्र भी न लिखूँ, लेकिन दिल तो दिल है... तेरा दिल शायद दिल नहीं; तेरे दिल की जगह तो दिमाग़ है, तभी पाई-पाई का हिसाब जोड़कर तूने सुधीर को चुना होगा।

जी तो करता है, कि पहले तेरे सुधीर से ही निपट लूँ; फिर सोचता हूँ, कि उस बेचारे का क्या क़सूर। तुझे कुछ कहूँ, ऐसा दिल सोचने नहीं देता... अब रह गया मैं। ख़ुद को मार डालूँ! हाँ, यह एक हल हो सकता है, लेकिन नहीं, मैं ज़िंदा रहूँगा; अपने दिल को तड़पाने के लिए... आखिर सज़ा तो इसी को मिलनी चाहिए, जो दुनिया के लोगों जैसा नहीं हो पाया। नहीं, मुझे चाहिए, कि मैं भी शादी कर लूँ

किसी सुंदर-सी लड़की से और तुम्हारे घर के सामने रहूँ, तुम्हारी छाती पर मूँग दलूँ; पर क्या फ़ायदा, तुम्हें तो कुछ फ़र्क़ पड़ना नहीं; अगर फर्क पड़ना ही होता, तो तू मुझे छोड़ती ही क्यों; तू तो पत्थर है, पत्थर।

ये सारे ख़याल उस समय से मेरे दिमाग़ में घूम रहे हैं, जब से नेहा ने तेरी शादी का कार्ड दिखाया है। मुझे समझ नहीं आता, कि मुझमें कमी क्या थी? बस जाति समान नहीं थी। अच्छी नौकरी करता हूँ, तुझे पसंद हूँ; लेकिन तेरे घर वालों की नाक... तेरे घरवालों की नाक कहीं बहाना तो नहीं! मैंने कितनी बार कहा था तुझसे, कि मुझे एक बार मिल लेने दे तेरे पिताजी से, मगर तू हर बार उनके ग़ुस्सैल स्वभाव का बहाना बनाती रही; तूने माँ से भी बात की होगी या नहीं, मुझे तो संदेह है। अगर तू माँ को मना लेती, तो पिता को मनाया जा सकता था। माताओं के पास पिताओं को मनाने के बहुत तरीक़े होते हैं और माताएँ अपनी औलाद की ख़ुशी के लिए सब हदें पार कर जाती हैं; पर तेरे घर में कुछ नहीं हुआ।

तेरी कहानी तुझे क्यों सुना रहा हूँ? शायद दिल के ग़ुबार को निकालना है... शायद मुझे शांत होना है; शायद मुझे जीना सीखना है तेरे बिन।

तेरा साथ...तेरा साथ बार-बार आँखों के सामने आ रहा है। कितने अच्छे थे वे दिन, जब हम समुद्र किनारे बैठकर घंटों बतियाते थे। मैं समुद्र के किनारे बैठे, तेरी आँखों में डूब जाता था... मेरे हाथ तेरी ज़ुल्फ़ों से खेलते थे ... नहीं, नहीं! मुझे नहीं याद करना उन दिनों को। एक-एक करके तेरी हर याद मिटानी है, मुझे कोई वास्ता नहीं रखना तेरे जैसी बेवफ़ा से।

तूझे अगर यूँ बेवफ़ा ही होना था, तो क्यों दिखाए थे इतने सपने? क्यों किये थे वफ़ा के वायदे? बहुत से प्रेमी जोड़े हैं, जो बिना घरवालों की सहमति से शादी कर लेते हैं, हम भी कर सकते थे; बालिग़ थे। दोनों अपने पाँवों पर खड़े थे; चुपचाप शादी करके किसी दूसरी जगह तबादला करवा लेते। जिस माँ-बाप को तुम्हारी ख़ुशी की

लेशमात्र भी फ़िक्र नहीं, उनके लिए तूने अपनी मुहब्बत क़ुरबान कर दी।

मुहब्बत करने वालों के लिए तो दो ही रास्ते होते हैं... या तो अपने माँ-बाप को शादी के लिए मना लो या फिर बग़ावत करो; तुमने क्यों नहीं चुना कोई रास्ता... न माँ-बाप को मना पाई और न ही कोर्ट मैरिज को स्वीकृति दी। शायद तुझे मुहब्बत हुई ही नहीं थी, बस टाइमपास किया था; पागल तो मैं था, जो तेरी बातों पर विश्वास करता रहा। होना तो मुझे मौक़ापरस्त चाहिए था; मुहब्बत का फ़ायदा उठाता और तुझे भूल जाता, पर मैं पागल तो असली मजनूँ निकला।

काश! तू लैला होती; पर तू लैला कैसे हो सकती थी। सुना है लैला तो सुंदर नहीं थी, पर तू तो सुंदर थी, बिलकुल परी जैसी। ताड़-सी लम्बी, छरहरा बदन, नागिन-सी ज़ुल्फ़ें, मोटे-मोटे नशीले नैन, पतले-पतले होंठ, गालों पर पड़ते डिम्पल और मासूम-सा गोल चेहरा। एक-एक अंग ख़ूबसूरती की मिसाल; तभी तो तेरे दीवानों की फ़ेहरिस्त बड़ी लम्बी थी। जब तूने मुझे चुना था, तो मैं ख़ुद को सातवें आसमान पर पा रहा था। मगर भूल गया था, कि ख़ूबसूरत सूरतों की सीरत अक्सर ख़ूबसूरत नहीं होती।

सीरत? सच में, तू तो जादूगर थी। तूने अपनी मोहिनी शक्ति से मुझे अपने वश में कर रखा था। मुझे कभी आभास ही नहीं हुआ तुम्हारी सीरत का। मैं तेरे दिखावे को सच समझता रहा। काश! मैं वक़्त रहते जाग जाता।

जागा तो मैं नहीं, फिर तेरी ग़लती कैसी? हाँ, मुझे समय पर जागना चाहिए था। कहते हैं, जब जागो तभी सवेरा... मुझे आज ही जाग जाना चाहिए; आज ही क्यों, अभी। हाँ, मुझे अभी से तुझे भुलाना है; बस ये आखिरी ख़त है, बस क़िस्सा ख़त्म।

तुम्हारा...

नहीं नहीं, तुम्हारा नहीं; सिर्फ मोहित

सुधा, ख़त पढ़े जा रही थी और साथ ही साथ रोए जा रही थी। उसने ख़त का जवाब देने का फ़ैसला किया।

प्यारे मोहित!

मैं प्यारे शब्द काटूँगी नहीं, क्योंकि तुम प्यारे थे, प्यारे हो और प्यारे रहोगे। तुमने मुझ पर जितने आरोप लगाए हैं, उन सबका जवाब है मेरे पास; जवाब मैं दूँगी भी, लेकिन मैं नाराज़ नहीं हूँ, क्योंकि मैं तुम्हारी स्थिति समझती हूँ, आखिर दिल तो टूटा है तुम्हारा; ये बात और है, कि तुम्हें सिर्फ अपना टूटा दिल दिख रहा है, मेरा नहीं। मैं भी दुखी हूँ, तुम्हारे जितनी ही दुखी... पर मैं एक लड़की हूँ, लड़की होने का दुःख समझते हो? कैसे समझोगे, तुम तो लड़के हो। कोई भी लड़का, कोई भी पुरुष कब समझ पाता है लड़की होने की पीड़ा, औरत होने की पीड़ा। तुम्हें लगता है, कि मैंने घर में तुझसे शादी करवाने की बात नहीं की। कैसे हो सकता है यह? मैंने ख़ुद चुना था तुम्हें, बड़ा सोच-समझकर चुना था। मैं शुरू से ही जानती थी, कि मेरे पिता जी बहुत ग़ुस्सैल हैं, उन्हें न सुनना नहीं आता; वे सदा से प्रेम विवाह के ख़िलाफ़ रहे हैं, इसी कारण, कॉलेज के दिनों में, मैं ख़ुद में सिमटी-सिमटी रहती थी। जैसा तुमने कहा, कि मैं परी जैसी हूँ। हाँ, भगवान ने सुन्दरता दी है मुझे और इसी सुन्दरता के कारण मेरे अनेक दीवाने थे, मगर मैं पिता जी के डर से किसी को भाव नहीं देती थी, हालाँकि मेरे दिल में भी भाव उठते थे। जैसे तुमने मेरी सीरत पर उँगली उठाई, वैसे ही कॉलेज के दिनों में भी मुझे घमंडी कहा जाता था। यह तो बस मैं जानती थी, कि मैं घमंडी नहीं, मजबूर थी। नौकरी मिली, तो भी शुरू-शुरू में ज़्यादा खुलकर बात नहीं करती थी, ये तुम भी जानते हो, मगर तुम्हारा जादू सिर चढ़कर बोला। अपनी मोहिनी से मैंने तुम्हें वश में नहीं किया था, अपितु तुमने मुझे ऐसा वश में किया था, कि मैं पिताजी का डर भी भुला बैठी। माँ से मैंने बात की थी। बेचारी माँ की इतनी हिम्मत कहाँ, कि वह पिता जी का विरोध कर सके; फिर भी उसने कोशिश की, मगर वह असफल रही। दूसरे रास्ते की बात मैंने भी सोची थी... मगर बग़ावत के बाद मेरी माँ और ख़ासकर मुझसे दस

वर्ष छोटी बहन, जो अभी पढ़ रही है, की ज़िंदगी नर्क बन जाती; संभवतः उसकी पढ़ाई छूट जाती, जो मुझे स्वीकार नहीं था। मैंने प्यार किया है, लेकिन मैं स्वार्थी नहीं हूँ।

मैंने सुधीर को नहीं चुना; यह पिताजी का चुना हुआ वर है। पिताजी को जब माँ से पता चला, कि मैं प्रेम-विवाह करवाना चाहती हूँ, तो उन्होंने आनन-फानन में वर की तलाश की और शादी पक्की कर दी। मुझे नहीं पता कि सुधीर कैसा है; लेकिन मुझे विश्वास है, कि वह तुमसे उन्नीस ही होगा, इक्कीस नहीं।

तुम मुझे भूलना चाह रहे हो, अच्छी बात है... जैसे मुहब्बत करने वालों के लिए दो रास्ते होते हैं, वैसे ही मुहब्बत में असफल प्रेमियों के लिए भी दो रास्ते होते हैं- एक तो प्रेमी को भूल जाओ और दूसरा, प्रेमी को दिल के किसी कोने में छुपाकर उसकी यादों में ज़िंदगी गुज़ार दो। शादी के बाद सुधीर की पत्नी कहलाऊँगी; मेरे संस्कार मुझे, उसे धोखा देने की इजाज़त नहीं देंगे, लेकिन उसकी पत्नी बने रहने के बावजूद, मैं तुम्हें अपने दिल के कोने में बसाकर रखूँगी। एक औरत जब माँ-बाप, भाई, पति, बच्चों आदि को एक साथ प्यार कर सकती है, तो किसी साथी को दोस्त बनाकर भी प्रेम किया जा सकता है; तुम मेरे दिल में रहोगे सदा के लिए।

यह सुनकर अच्छा लगा, कि तुम किसी भी ग़लत क़दम के हिमायती नहीं, बल्कि मुझे भूलकर नई ज़िंदगी जीने की इच्छा रखते हो। मेरी कामना है, कि तुम्हें मुझसे भी अच्छी लड़की, पत्नी के रूप में मिले... इतनी अच्छी, कि मैं कभी याद न आऊँ। एक-दूसरे की ख़ुशी चाहना ही प्रेम की पहली शर्त है। मुझे दुःख है, कि मैं प्रेम की डगर पर तुम्हारा साथ नहीं दे पाई; मगर तुम्हें भुलाना मेरे वश में नहीं; मैं तुम्हें सदा याद रखूँगी... मैं कल भी तुम्हारी थी, आज भी तुम्हारी हूँ और कल भी तुम्हारी रहूँगी।

तुम्हारी और सिर्फ़ तुम्हारी
सुधा

पत्र लिखते समय सुधा की आँखों में आँसू थे। पत्र ख़त्म करने के बाद उसने ख़ुद को सँभाला। पत्र को पुनः पढ़ा। पत्र पढ़कर उसने मोहित के नज़रिये से देखा। उसे लगा, कि यह पत्र मोहित को भटका सकता है। ख़त में उसने ख़ुद ही तो लिखा है, कि एक दूसरे की ख़ुशी चाहना ही प्रेमियों का कर्त्तव्य है, तो फिर अब वह मोहित को उदास कैसे कर सकती है। मोहित मुझे बेवफ़ा मानकर अगर नई ज़िंदगी जीना चाहता है, तो अच्छा ही है... अगर इस खत से वह मेरी उस मजबूरी को समझ गया, जो वह अब तक नहीं समझा, तो हो सकता है, वह मेरे प्यार में तड़पता रहे। उसकी नजर में मैं बेवफ़ा हूँ, तो यह सही है। 'यह खत मोहित को नहीं भेजा जाएगा।' - ऐसा फ़ैसला लेते ही सुधा ने अभी लिखे ख़त के टुकड़े-टुकड़े कर दिए। मोहित के ख़त को उसने अपने पहले के प्रेमपत्रों के साथ सँभाल लिया, जो उसके प्रेम की अमूल्य धरोहर हैं; जो दुनिया की नज़रों से छुपाकार रखने हैं... जो उसके जीने का सहारा हैं।

www.ingramcontent.com/pod-product-compliance
Ingram Content Group UK Ltd.
Pitfield, Milton Keynes, MK11 3LW, UK
UKHW041956190726
13854UKWH00005B/2005

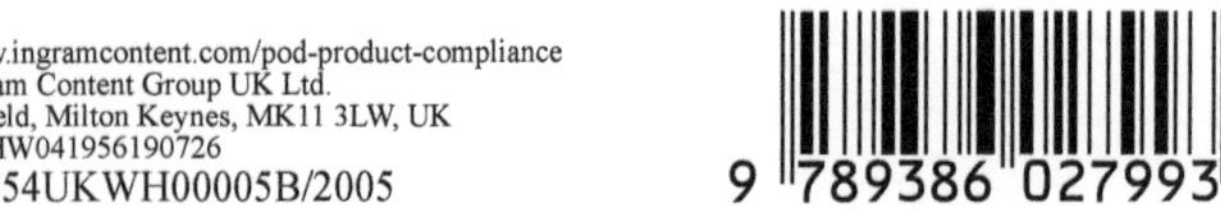